COLLECTION FOLIO

Joseph Kessel

Les temps sauvages

Gallimard

Né en Argentine en 1898 de parents russes ayant fui les persécutions antisémites, Joseph Kessel passe son enfance entre l'Oural et le Lot-et-Garonne, où son père s'est installé comme médecin. Ces origines cosmopolites lui vaudront un goût immodéré pour les pérégrinations à travers le monde.

Après des études de lettres classiques, Kessel se destine à une carrière artistique lorsque éclate la Première Guerre mondiale. Engagé volontaire dans l'artillerie puis dans l'aviation, il tirera de son expérience son premier grand succès, *L'équipage* (1923), qui inaugure une certaine littérature de l'action qu'illustreront par la suite Malraux et Saint-Exupéry.

À la fin des hostilités, il entame une double carrière de grand reporter et de romancier, puisant dans ses nombreux voyages la matière de ses œuvres. C'est en témoin de son temps que Kessel parcourt l'entre-deux-guerres. Parfois l'écrivain délaisse la fiction pour l'exercice de mémoire – *Mermoz* (1938), à la fois biographie et recueil de souvenirs sur l'aviateur héroïque qui fut son ami –, mais le versant romanesque de son œuvre exprime tout autant une volonté journalistique : *La passante du Sans-Souci* (1936) témoigne en filigrane de la montée inexorable du nazisme.

Après la Seconde Guerre mondiale, durant laquelle il joue un rôle actif dans la Résistance, Joseph Kessel renoue avec ses activités de journaliste et d'écrivain, publiant entre autres *Le tour du malheur* (1950) et son grand succès, *Le lion* (1958). En 1962, il entre à l'Académie française.

Joseph Kessel est mort en 1979.

LA GRANDE VIRÉE

Tout a commencé, en 1918. Aux premiers jours d'octobre.

La guerre enfin, depuis deux mois, avait changé de jeu. Enfin, enfin, au bout de quatre années de vie sous terre, engluée à la boue des boyaux, l'ennemi avait cédé, craqué. Des millions d'hommes argileux, hirsutes, libérés des tranchées, s'étaient mis en marche. Les uns, les Allemands, reculaient, reculaient. Les autres les talonnaient sans répit. Notre escadrille, de terrain de fortune en terrain de fortune, se posait toujours plus avant. Elle était arrivée près de Sainte-Menehould.

On volait beaucoup. Repérages, reconnaissances, réglages de tir, accompagnement d'infanterie, bombardements, combats, camarades perdus.

Ce matin-là, de bonne heure, observateurs et pilotes se trouvaient réunis, comme à l'ordinaire, dans la baraque du mess. Beaucoup portaient leurs vêtements de vol. Dehors, on entendait les mécaniciens tirer sur les hélices, lancer les moteurs. Tout était paré pour les missions. Un brouillard ténu d'automne, celui qui annonce les belles journées, se dissipait rapidement. Quelques minutes encore et les premiers à partir allaient sauter dans leurs carlingues.

A ce moment, léger, net, vif, le torse serré dans une tunique noire d'artilleur que l'usure faisait reluire et suivi de son épagneul mordoré, est entré notre capitaine. Il agitait une feuille dactylographiée.

– Note du Q.G., dit-il. La dernière trouvaille.

Il lut la circulaire. Les Alliés formaient une nouvelle armée. En Sibérie. Composée d'éléments français, anglais, américains, canadiens, tchèques, polonais. Son objectif : arrêter les Allemands quelque part entre l'Oural et la Volga. Une escadrille d'observation était prévue pour les troupes françaises. Il y fallait uniquement des volontaires. Les commandants des formations aériennes étaient chargés de transmettre.

Le capitaine avait achevé. Il y eut d'abord un grand silence. Il semblait que mes camarades ou bien n'avaient pas compris sur-le-champ ce qu'ils venaient d'entendre, ou bien qu'ils ne pouvaient y croire.

Puis, d'un seul coup, ils ont parlé tous à la fois. La Sibérie !... La Sibérie en hiver... Le pays des bagnes !... A des milliers et milliers de kilomètres. Les Allemands là-bas ? Quels Allemands ? Quand ? Comment ? Avec ce qui se passait ici ! Alors que tout pouvait être fini bientôt... La Sibérie !

Ainsi parlaient mes compagnons de vol, de poker, de libations, de coups durs. Nous avions en commun jusqu'aux réflexes. Mais, cette fois, j'étais loin d'eux, si loin que la distance ne se pouvait mesurer.

A leurs yeux, la Sibérie n'était qu'un désert glacé, maudit, et le voyage destiné à l'atteindre une interminable et ridicule entreprise. Moi... moi, dans une espèce de transe, je traversais des continents et des océans inconnus. Plus long le chemin, plus riches ses promesses. Et à son terme, au bout du monde, ces steppes de neige infinie, ces fleuves géants, ces forêts sans fin, ces tribus de l'âge de pierre, et les cosaques du Baïkal, de l'Amour. Et les chants des forçats.

Mes origines russes, la connaissance de la langue, les contes et les livres de mon enfance, les complaintes populaires les plus belles qui soient, devaient avoir une grande part dans ce rêve éveillé, étoilé. Je l'ai compris par la suite. A cet instant, je ne réfléchissais à rien. J'étais parti.

Une voix placide m'a ramené parmi mes compagnons. Entre deux bouffées de pipe, le lieutenant, carré d'épaules, toujours chaussé de sabots, fort en ventre et cramoisi de joues, qui était le chef des officiers observateurs de l'escadrille et faisait équipage avec le capitaine, lui disait :

— Tu vois, il n'y a pas de fous chez nous.

— Je le savais bien ! a répondu le capitaine.

Puis, désignant le ciel complètement dégagé :

— Maintenant, on va passer aux choses sérieuses.

Les camarades ont couru vers leurs avions qui vibraient, grondaient sous le tourbillon des hélices. Le capitaine devait partir également mais, comme toujours, après les autres. Il voulait voir comment avait décollé chaque appareil.

J'ai fait semblant d'assurer mon serre-tête, de vérifier mes planchettes de cartes, l'ai rejoint sur le seuil de la baraque et lui ai demandé de m'inscrire pour la Sibérie.

Son visage, alors, a pris une expression d'incrédulité puis, et presque en même temps, de peine, de blessure. Là, j'ai eu très mal. Je savais ce que voulaient dire ses yeux : « Tu nous lâches ? Toi ? Est-ce possible ? Toi, arrivé chez nous, petit aspi de dix-huit ans, à peine sorti des écoles où, comme de juste, tu n'avais rien appris... que j'ai été le premier à emmener sur les lignes, à qui j'ai enseigné le secteur, les réglages, les trucs de combat, les chansons et les farandoles du mess, que j'ai présenté pour les citations, que j'ai tenu à décorer. Toi ! Tu nous lâches ! »

Nous, c'était pour lui son escadrille. Il l'aimait plus que tout au monde. Et pour moi-même — je n'en avais pas connu d'autre — elle était mon clan, ma bande, ma famille de guerre, mon univers. Et de cet univers, il était l'esprit, le cœur, le foyer vital. Pour tous, le chef auquel obéir était joie. Pour chacun, l'ami le plus chaleureux, le camarade le plus gai, le guide le plus sûr. Tout cela, à vingt-quatre ans. Mais de ces années, il avait passé plus de trois — depuis 1915 — dans l'aviation. Observateur, pilote, commandant d'escadrille. Huit fois descendu. Cinq fois blessé. De lui un mot d'éloge était un bonheur. Le blâme le plus léger me rendait misérable.

Pour comprendre, connaître les sentiments qu'il m'inspirait, il faut, dans un climat de guerre, avoir moins de vingt ans, un besoin éperdu d'admirer et d'aimer et un tel capitaine.

« Tu nous lâches, toi ! » disaient les yeux de ce capitaine et moi qui, vraiment, aurais affronté n'importe quoi, n'importe qui pour lui éviter un chagrin, moi, incapable de parler mais sans hésitation, j'ai, d'un mouvement de tête, confirmé ma demande.

Il me fallait, il me fallait cette expédition, le vaste monde, la Sibérie.

Un échange qui signifiait tant pour mon capitaine et, pour moi, beaucoup plus encore, avait pris le temps d'un regard et d'un geste. Et, déjà, mon chef était redevenu lui-même. Il m'a donné une tape sur l'épaule et dit :

— Ainsi soit-il, mon vieux. Bon voyage.

Des avions passaient au ras de notre baraque, montaient dans le beau ciel. Je me suis dirigé vers le mien. Le capitaine dut crier pour que je puisse l'entendre.

— Ouvrez l'œil ! Il y a dans le secteur un nouveau groupe de chasse allemand. Méchant, paraît-il. Vous seriez trop bête de vous faire descendre pour votre dernière mission chez nous.

Après quoi, inévitablement, les formalités, les paperasses... La mission de Sibérie dépendait de plusieurs services répartis dans des régions différentes. Inscription. Affectation. Solde. Contrôle médical. Transports. Tampons. Cachets. Et comme la mission n'existait que sur le papier, ignorance et confusion partout.

Au cours de cette pagaille, j'ai croisé la plupart des volontaires qui devaient être mes compagnons de route. Brèves et indifférentes rencontres. Ils ne faisaient que passer. Ils étaient absorbés par des problèmes personnels à résoudre avant le grand départ.

Il y en eut tout de même un pour qui le souci du lendemain ne comptait pas. Un lieutenant observateur. Pas très grand. Mince, musclé, une détente d'athlète. Des yeux clairs, un peu trop clairs, au fond desquels une étincelle folle semblait toujours danser. J'ai été attiré vers lui avant que d'échanger un mot, rien qu'à le voir. Et j'ai senti s'établir entre nous cet accord instinctif, immédiat qu'on ne peut expliquer. Mais quand il m'a dit son nom, j'ai eu véritablement le souffle coupé. C'est que ce nom, d'escadrille en escadrille, il courait comme une légende.

Si l'on veut comprendre pourquoi, il faut se représenter les biplaces sur lesquels, dans l'observation, on faisait alors la guerre. Deux carlingues à ciel ouvert. Deux trous. A l'avant, le pilote. A l'arrière, son passager. De l'un à l'autre, deux à trois mètres de fuselage lisse, balayé par le vent de l'hélice et du vol. Pas question de parachute. L'observateur courait donc deux risques de mort. Le sien. Et celui du pilote. Quand ce dernier était tué, l'observateur ne pouvait plus que s'écraser au sol avec l'avion aveugle, fou.

Or, un jour, le pilote de mon nouvel ami a reçu, en combat aérien, une rafale de mitrailleuse qui lui a emporté la moitié de la tête. Son observateur, alors, a détaché sa ceinture, repoussé le plus loin possible sa mitrailleuse, enjambé son pare-brise et sous le souffle d'ouragan qui le frappait de plein fouet, a rampé jusqu'à la carlingue avant et s'est glissé à l'intérieur — tout cela dans les quelques secondes où l'avion gardait un équilibre précaire.

Comme il n'y avait pas de place pour deux, il s'est assis sur les genoux du cadavre de son camarade, a saisi le manche à balai et redressé l'appareil à l'instant où celui-ci s'engageait dans un piqué fatal. Et puis il est allé s'écraser sans mal pour lui quelque part derrière les lignes. Tout ça, sans savoir piloter.

Ce qui explique un peu l'espèce de miracle, c'est que les instruments de bord étaient à l'époque rudimentaires à l'extrême, les commandes aussi et que les avions en toile et en bois pouvaient planer très longtemps, moteur arrêté. Mais tout de même, ce passage d'acrobate d'une carlingue à l'autre, de la vie à la mort, et ce retour avec, pour siège, le corps du compagnon d'équipage et adossé au crâne en bouillie, il faut, comme on dit aujourd'hui, il faut le faire.

Ce même observateur le hasard me l'offrait comme compagnon.

C'était si difficile à croire que, en bégayant un peu, je lui ai posé la question. Il m'a répondu les dents serrées :

— Oui... c'est bien moi. Oui. Mais si tu veux (il m'a tutoyé tout de suite) qu'on soit amis, tu ne parles plus jamais de cette affaire... tu entends, jamais.

Nous sommes devenus amis.

Cela se passait à Bordeaux, siège du Service de Santé militaire. Tout y était plaisant. La ville, la table, les vins, les filles. Nous avons fait la fête trois jours. L'argent ne manquait pas. Un trésorier-payeur nous avait remis solde et frais de route. Pourquoi compter, ménager ?

De temps à autre je pensais à mes parents qui m'attendaient à Paris. J'étais tout pour eux et le savais bien. Ils étaient mes amis les plus intelligents, les plus généreux et les plus indulgents, mes confidents, ma sûreté, mon salut. Je les aimais plus que tout au monde. Excepté moi-même. N'avais-je pas tous les droits, me disais-je, au sortir de dangers mortels et avant d'en affronter d'autres. Je ne voulais pas m'avouer que ce qui était pour moi merveilleuse aventure représentait pour eux une absence d'une durée sans mesure, à des milliers de lieues et sans possibilité de nouvelles régulières. Chaque heure que je passais maintenant avec eux leur était précieuse, nécessaire. Je le savais, le savais trop, et me refusais à l'admettre. Ils m'avaient si bien habitué à les voir comprendre et souffrir en silence mes excès et mes débordements.

Par contre je commençais à douter de notre voyage. La retraite allemande s'accélérait, s'aggravait de jour en jour. L'incroyable — c'est-à-dire une victoire complète — devenait possible, probable, à portée de la main. L'expédition de Sibérie n'avait plus aucun sens, si jamais elle en avait eu. Notre mission était mort-née.

Mais, de retour à Paris, j'ai trouvé un pli officiel, timbré *Urgent :* Embarquement à Brest dans deux semaines. Juste le temps nécessaire pour en finir avec les dernières démarches et achever de m'équiper. Cependant et avant tout, j'ai voulu faire mes adieux à la 39 et à mon capitaine.

A la gare de Sainte-Menehould — comme je l'avais demandé par dépêche — une voiture de l'escadrille m'attendait.

Son conducteur, avec lequel j'entretenais pourtant les meilleurs rapports, n'a pas fait un mouvement, un geste de bienvenue. Et son visage, plein, à l'ordinaire, de bonne humeur et de plaisir de vivre, semblait ne plus lui appartenir. Fermé, serré, couleur de cendre. Et son regard évitait le mien.

Avant d'en avoir pris conscience, j'ai su qu'il était arrivé quelque chose de terrible. J'ai fait parler le chauffeur. Alors, les traits sans expression, la voix sans timbre, et tout en conduisant, il a raconté. L'avant-veille, dans l'après-midi, le capitaine était parti pour sa deuxième mission de la journée... Attaqué par quatre Fokker. Percé de balles. Posé, tout de même, dans un champ, son avion troué, déchiré, sans casser le train d'atterrissage. Observateur indemne. Lui, transporté à l'hôpital du terrain, dans le coma.

Le chauffeur a cessé de parler. Et moi je ne voulais pas, je ne pouvais pas comprendre. Ce n'était pas vrai, ce n'était pas possible. Le capitaine, non, pas le capitaine. Il était invulnérable. Quatre années d'aviation, de combats, les Éparges, Verdun, la Somme. Il s'en était toujours tiré. Et puis, il y avait son rire qui le protégeait contre tout. Comme le chauffeur continuait à se taire, j'ai demandé :

– Et alors ?

Le chauffeur n'a pas répondu.

J'ai retrouvé mon capitaine, sur un brancard, à l'ambulance du terrain, dans une étroite et grise cellule en planches. Sur d'autres brancards posés comme le sien à même la terre battue, il y avait d'autres cadavres. Ils étaient seuls. On redoublait d'efforts, d'ardeur pour rompre et chasser les Allemands. On avait besoin de tout le monde. Là-haut, là-bas, quelque part, dans le ciel, grondaient des moteurs et des mitrailleuses cliquetaient.

Mes anciens camarades étaient tous au combat. Moi, je n'avais rien à faire. J'ai été chargé d'aller en ville pour choisir le cercueil du capitaine... Oui... Entre le chant de l'escadrille et l'aventure du bout du monde — ce cercueil. Jeu, marque, indication du destin ? Croire ou ne pas y croire, qu'est-ce que cela veut dire ? J'ai vu souvent des signes singuliers accompagner, annoncer un changement, un tournant décisif dans ma vie. C'est tout.

Mais le choc a été terrible... Terrible... Le premier de cette sorte. Jusque-là, des morts que j'avais vus, aucun ne m'était proche. Aucun n'était une partie essentielle de moi. Là, seul, dans cette morgue d'occasion, penché sur le visage de mon capitaine, intact mais comme pris de gel, j'ai découvert *la* mort.

Et puis nous sommes à Brest. Et j'ai oublié la morgue, l'enterrement. Je suis tout à cette ville inconnue, à sa rade, aux bâtiments de guerre, au grand hôtel où nous sommes cantonnés (je n'en avais jamais habité de pareil), aux matelots en bande, en vadrouille, aux retrouvailles avec Bob, l'observateur légendaire rencontré à Bordeaux et, déjà, vieil ami. Je n'avais que vingt ans. Je gardais encore assez d'enfance pour passer soudain du désespoir à l'émerveillement, de l'angoisse au bonheur de vivre. Il suffisait que changent le décor, le climat, les gens.

Tout cela Brest le donnait. Et aussi l'impatience, l'aiguillon du départ. Là encore il fallait attendre. Cette fois, c'était le transport de troupes américain qui devait nous emmener. Donc, nous passions par les États-Unis. Le chemin de Suez eût été plus court et jalonné d'escales qui portaient des noms féeriques : Aden, Singapour, Colombo, Hong Kong. Peu importe. On ne perd pas au change. L'Amérique, c'est la statue de la Liberté, les gratte-ciel (personne de nous n'en avait vu encore), les cow-boys, la Californie et de là tout le Pacifique... Nous ne parlons plus que de ça. Comme suspendus au bout du vieux continent. Il n'existe déjà plus pour nous.

Un jour, deux jours, trois jours... Le *President Grant* est annoncé. Le lendemain soir, nous sommes à bord... Dans la nuit, le transport s'ébranle. Ça y est. Pas encore. Le *President Grant* mouille en rade. Mais ça n'est maintenant qu'une question d'heures. Il n'y a plus de raison à l'inquiétude. Pourtant, chez Bob et chez moi, elle persiste. Car les Allemands, à bout, viennent de demander un armistice. On négocie les termes. D'un moment à l'autre, la guerre peut prendre fin et avec elle — selon la plus élémentaire logique — notre aventure.

Nous dormons mal. Au matin, tous ceux de la

mission, ceux des avions et ceux des chars, se tiennent appuyés contre les rambardes des ponts. Le brouillard de novembre se dissipe lentement. Les quais, les bateaux, les édifices en sortent un à un.

Et, tout à coup, de la cité que l'éloignement fait silencieuse, tout à coup jaillit le tintement d'une cloche. Une autre lui répond et une autre — une autre encore et encore. Plus fort. Plus fort. A toute volée. En rafale, en ouragan.

Sans bien comprendre pourquoi, je me sens pâlir. Je regarde Bob. L'étincelle des yeux s'est figée. Personne ne fait un mouvement. Personne ne prononce une parole. Enfin, au bout d'un temps qui ne peut se mesurer, on entend une voix étranglée, incrédule. Elle dit :

— L'armistice.

Et soudain le mot passe, éclate, de bouche en bouche, de pont en pont, devient cri, délire. Et les volées des cloches l'accompagnent. Et dans les accalmies, on perçoit, malgré la distance, là-bas, dans Brest, un grondement humain. La foule. Et j'entends un camarade, près de moi, dire pour lui-même :

— A travers la France entière... chaque ville, chaque village...

Et je sens chez lui, chez Bob, chez moi, chez tous, le désir déchirant d'être à terre, dans la cité devenue folle, déversée à travers places et rues, avec les hommes et les femmes qui chantent, hurlent, rient et pleurent d'une joie telle qu'ils n'en connaîtront plus jamais.

C'est trop de cruauté, d'injustice : être exilés, proscrits de la fête prodigieuse, de la fête du siècle, après avoir accompli et risqué tout ce qu'on était en mesure d'accomplir et de risquer pour que, enfin, sonnent les cloches.

Dans cet instant le voyage était refusé, renié. Si la chose avait été possible, on se serait jetés à l'eau pour atteindre le quai, la ville, la foule. Les chefs de mission ont bien tenté une démarche auprès de l'officier de marine américain qui commandait le *President Grant*. Il a répondu qu'il comprenait nos sentiments mais que les ordres étaient les ordres. Son bâtiment appareillait dans une heure.

Ainsi, le 11 novembre 1918, a commencé notre voyage.

Voyage insensé qui nous emmenait pour un but de guerre le jour, la minute même où la guerre s'arrêtait.

Mer paisible. Ciel bas. Le *President Grant*, qui avait débarqué à Brest des troupes américaines, n'en avait pas à ramener. Sans nous, il fût revenu à vide. Nous étions les seuls passagers : trois cents hommes sur un bateau fait pour contenir un régiment entier. On s'y trouvait mal à l'aise comme dans une maison démesurée. Les distractions étaient minces. Pas la moindre boisson alcoolisée à bord. La prohibition n'avait pas encore force de loi aux États-Unis, mais les bâtiments à usage militaire étaient strictement « secs ».

On tuait le temps comme on pouvait. On visitait le bateau depuis les cales et la chambre des machines jusqu'à la passerelle du quart. On arpentait les ponts. Les plus courageux faisaient de la culture physique. On se racontait les souvenirs pris à nos différentes escadrilles. Quelques-uns cartonnaient. Oh, sagement. Sans se faire de mal. Sans engager d'argent ou si peu que cela n'entrait pas en ligne de compte. J'évitais ces tables. Le jeu n'était jeu pour moi que dans la mesure où le risque dépassait les limites du raisonnable et les moyens de ma bourse ; quand un coup heureux ou malheureux changeait la face de la fortune et que la couleur, l'image, le chiffre d'une carte faisaient oublier tout au monde. Elles étaient loin d'un corps à corps avec le hasard, ces tranquilles, ces inoffensives parties d'écarté, de piquet, de manille. Et puis il y eut une nuit...

La traversée approchait de son terme. Après une semaine lente, molle et monotone, l'idée de toucher au port le lendemain matin nous donnait à tous une agitation, une irritation singulières. Ceux-là mêmes qui avaient le mieux subi l'ennui de journées interminables supportaient mal d'attendre encore quelques heures.

Pour ma part, l'impatience m'empêchait de soutenir une conversation, je ne tenais plus en place. Combien de fois n'ai-je pas couru à l'avant du bateau pour scruter, fouiller l'horizon brumeux, comme pour y faire apparaître la vision qui me suivait depuis le départ et maintenant était devenue hantise ? New York. La statue géante de la Liberté. Les gratte-ciel de Manhattan. Nous devions les voir à l'aube. D'ici là — une éternité. La Liberté colossale. Manhattan.

Vint enfin l'heure du dîner, le dernier à bord. Nous le prenions tous à une même grande table. Le capitaine, chef d'escadrille, présidait. La trentaine, long, fin, d'une grande élégance naturelle dans le vêtement, les manières, le langage. Il ne livrait rien de ce qu'avait pu être son existence hors la guerre. Tout de même, parfois, un mot lui échappait qui en laissait deviner quelques aspects : pur-sang, chasse à courre, Deauville, Monte-Carlo.

Malgré l'absence de vin, les repas étaient les meilleurs moments de la journée. Ils nous avaient permis de mieux nous connaître et d'établir des habitudes communes, des plaisanteries rituelles. Pourtant, tout ce que l'on pouvait dire ce soir-là sonnait creux, sonnait faux. Chacun ne pensait qu'au lendemain matin, qu'à New York, mais, par un étrange accord secret, personne n'en disait mot.

Le dîner était achevé. Les habitués de la manille et du piquet se préparaient à quitter la table. C'est alors que Bob a levé la main et dit négligemment :

— Et si l'on faisait un baccara ?

Parce que Bob parlait très peu et que son étonnant exploit était connu de tous dans les escadrilles d'observation, chacun de ses propos comptait pour ses camarades. Ils se sont instinctivement tournés vers le capitaine. Et lui, il a dit :

— Si l'idée vous plaît, moi, je suis d'accord.

Il y eut un certain flottement. Les uns ne connaissaient pas le baccara. D'autres avaient peur que ce jeu ne les menât trop loin. Le chef d'escadrille les a rassurés. Les règles ? Quelques minutes suffisaient pour les savoir : un enfant ne s'y pouvait tromper. Les mises ? Chacun pouvait les limiter suivant son bon plaisir. On pontait quand on le voulait et ce que l'on voulait.

Seul s'exposait à faire des différences importantes l'homme qui tenait la banque. Tout le monde, en effet, jouait contre elle et, à chaque donne, au gré du hasard, elle ramassait ou payait la totalité des enjeux.

— Si personne n'en veut, je la prendrai avec plaisir, a dit le capitaine.

Avec son sourire habituel, affable, un peu distant, il interrogeait du regard les camarades. Mais aucun d'eux n'a eu le temps ni une chance de répondre. J'ai dit tout de suite et très haut, d'une voix qui ne m'appartenait pas tout à fait :

— Est-ce que vous pourriez me prendre comme associé, mon capitaine ?

Il y eut autour de la table ce qu'on appelle

communément des mouvements divers : surprise – moquerie – blâme. J'étais le plus jeune de l'escadrille en âge, en grade et, de loin, pas le plus riche. Le capitaine m'a considéré en silence un instant et j'ai compris, à l'expression de ses yeux, qu'il devinait chacun des mobiles qui m'avaient poussé. Risquer gros. Participer à chaque coup. Tenir, caresser, donner, retourner les cartes. Et, par-dessus tout, être allié à un familier des casinos célèbres, des cercles fermés.

– Vous avez déjà tenu une banque ? m'a-t-il demandé.

– Je n'ai... je n'ai pas eu l'occasion, mon capitaine (en vérité, c'était l'argent qui toujours avait fait défaut), mais j'ai vu... je sais...

Il m'a interrompu.

– Tant mieux, mon cher, tant mieux. Aux innocents les mains pleines... La chance du débutant... C'est bien connu.

Il eut pour moi seul un clin d'œil rapide, amical, complice. Initier un novice et prendre part à ses transes donnait du sel à une partie qui ne pouvait pas vraiment l'émouvoir.

Je l'ai rejoint au bout de la table que débarrassaient les ordonnances. J'étais au comble du bonheur que peut dispenser la vanité. Quant à l'argent, j'avais un mois de double solde, les défraiements de route... et puis quoi... aux innocents, les mains pleines. Est-ce que les débutants ne gagnent pas toujours ?...

J'ai gagné, gagné de manière étonnante, insolite. Mon associé me laissait la main. Partageait-il la superstition ? S'amusait-il davantage de me voir jouer que de jouer lui-même ? Peu importe. C'était de mes doigts que glissaient, dépendaient, vivaient les cartes. Et se couchaient en ma faveur. De temps à autre, le capitaine donnait un conseil : tirer ou ne pas tirer à cinq, faire attention au tableau de gauche ou de droite – le plus chargé. Et la chance continuait d'obéir.

Nous sommes arrivés ainsi au bout de la longue file de cartes composée par tous les jeux que nous avions pu réunir. Il fallait les battre à nouveau pour une nouvelle banque. Devant moi s'amoncelait un tas de billets. Beaucoup, beaucoup d'argent pour un sous-lieutenant qui n'avait que sa solde.

– Beau baptême, mon cher, a dit le capitaine. Mais à présent la chance du débutant – terminé. On pourrait passer la main.

Je l'ai regardé avec stupeur.

– Quoi ! En pleine forme. Avec tout cet argent pour réserve.

Il a souri, allumé un petit cigare, incliné la tête.

Nous avons perdu un, deux, trois, dix coups de suite. Alors, le capitaine m'a dit :

– Ecoutez, cette fois, il faut céder la main.

Tout le monde attendait ma décision. Cela n'a fait que fouetter mon amour-propre. Me dégonfler, moi ! Et puis je le sentais, je le voyais – c'était ma nuit, ma nuit...

– C'est bien, ai-je dit, je continue tout seul.

Et ce qui est curieux, c'est qu'à ce moment même j'ai su que j'étais perdu. Mais il n'y avait pas de force au monde capable de me retenir. Le capitaine a retiré sa part de notre gain, n'a plus touché à une carte.

Et la curée a commencé. Ceux qui, à la fin de ma première banque, ne jouaient plus ou à peine, ont augmenté, augmenté leurs mises. Ceux qui avaient quitté la table sont revenus.

J'ai rendu tout ce que j'avais gagné et bien au-delà. Quand je n'ai plus eu un sou, j'ai commencé à jouer sur parole. On m'a prêté de l'argent. Le trésorier-payeur m'a avancé la solde du mois suivant.

Une banque... Une encore et encore. Le capitaine était allé se coucher. D'autres peu à peu avaient fait comme lui. Il ne restait qu'une poignée d'acharnés, de mordus soit par la passion, soit par la cupidité. N'y en aurait-il eu qu'un seul, j'aurais poursuivi...

Tout à coup un choc a parcouru le bateau. Les machines se taisaient, s'arrêtaient. Sans que je le sache, le jour était venu. Le *Président Grant* accostait.

New York, nous étions à New York !

Les gratte-ciel dans la brume, la statue de la Liberté, la baie d'Hudson, mon grand rêve, j'avais tout manqué, gâché, pour rester à une table, dans une pièce enfumée, à taper le carton.

Je suis monté sur le pont comme un somnambule.

Toutes les sirènes du port nous saluaient à la fois et tous les remorqueurs dansaient une farandole autour de notre bateau, en agitant des drapeaux français et américains. Les quais étaient noirs de monde. Un cortège de voitures de la municipalité nous attendait.

On nous a emmenés à l'hôtel de ville, à travers des rues en délire. Il y avait ce qu'on a vu, depuis, des centaines de fois, à la télévision ou au cinéma.

Le long du parcours, les gens à leurs fenêtres lançaient en guise de confettis des journaux coupés en petits morceaux, hurlaient *La Marseil-*

laise. Sur les trottoirs une pâte humaine mêlait ses clameurs à celles des klaxons.

Ensuite, les discours du gouverneur de l'Etat, du maire, les toasts qui n'en finissaient plus.

On nous a promenés sur les ferry-boats qui traversent l'Hudson et l'East River, le long de l'immense avenue de Broadway, du bas en haut des gratte-ciel. Les gratte-ciel, c'était fantastique, on n'en avait jamais vu sauf en cartes postales. Et partout on remplissait nos verres. Et partout on chantait *La Marseillaise*.

Nous allions d'étonnement en étonnement. L'idée que nous serions reçus en héros ne nous était jamais venue à l'esprit. Une fanfare sur le quai, bon, à la rigueur, mais ce délire général et incessant durant les trois jours que nous avons passés à New York, ça jamais. Il y avait vraiment de quoi perdre la tête. On avait l'impression que la population entière s'était rassemblée pour nous acclamer, que les machines avaient arrêté de tourner, que les trains étaient restés en gare...

Il nous a fallu un bon moment avant de comprendre ce qui nous arrivait. Nous étions les premiers vainqueurs à débarquer en Amérique. Personne ne pouvait arriver plus vite que nous qui étions partis à l'instant de l'armistice. Mais aussi et surtout nous étions des Français. Et à l'époque, la France, à cause des quatre ans de guerre qui venaient d'y massacrer hommes et villes, à cause de Verdun, à cause de Joffre, Pétain, Foch, était considérée comme la grande nation de la guerre.

En outre, nous étions des aviateurs. Des hommes volants. Les guerriers des nuages. Cela nous donnait un caractère presque fabuleux.

L'aviation avait à peine dix ans d'âge (je ne parle pas des sauts de puce du début). Nous étions les conquérants, les pionniers du ciel. Combien de gens étaient montés dans un avion en 1918 ? Un nombre infime. L'ignorance des conditions de la guerre aérienne était telle que beaucoup d'Américains nous ont demandé sérieusement, très sérieusement :

– Est-ce que vous avez fait des *avions prisonniers ?*

Des avions prisonniers... Au lasso, sans doute !

Il faut ajouter que la France, en expérience de guerre aérienne, était au premier rang. Pilotes et observateurs américains venaient s'entraîner dans les escadrilles françaises pour se familiariser avec les dernières techniques de combat. Nous en avions eu plusieurs sur notre terrain.

Tant de prestiges faisaient que nous prenions positivement figure de héros, de surhommes et cela déchaînait une véritable folie.

Les journées à New York ont passé comme un rêve. Nous avons à peine distingué le jour de la nuit. Et nous sommes partis pour San Francisco.

Or, tout le long du voyage – de l'est à l'ouest du continent et d'un océan à l'autre, ça n'a pas cessé. Il n'y avait comme arrêts officiels que les grandes villes. Et à chacune de ces étapes, le même accueil nous était réservé. Discours du maire, toasts, *Marseillaise,* confettis, banquet. Notre train, car nous voyagions dans un train spécial de dix wagons uniquement réservés à nos camarades des chars et à notre escadrille, était d'un luxe à peine croyable pour nous.

Mais ce qui nous a le plus étonnés, ce n'est pas ça, c'est qu'entre Chicago et San Francisco, nous avons été stoppés en fait une dizaine de fois. A l'annnonce de notre passage, des gens se jetaient sur les rails pour intercepter le convoi. Pour qu'on descende, pour nous donner des cigarettes, de l'alcool, pour nous emmener dans les environs, à travers les lacs, les forêts, les montagnes. Bref, une route triomphale jusqu'à la Californie.

Là nous sommes restés très longtemps. Six semaines.

Nous avons appris à ce moment que notre objectif était à l'origine de rejoindre une armée composée de troupes françaises, américaines, anglaises, canadiennes et renforcée de régiments tchèque, hongrois, polonais, roumain, qu'avaient formés des déserteurs et des prisonniers évadés. Cette armée devait constituer en Sibérie un front, un butoir de plusieurs dizaines de milliers d'hommes, contre les armées de Guillaume II au cas où elles franchiraient l'Oural.

Entre-temps, le Kaiser Guillaume s'était réfugié en Hollande, l'armistice du 11 novembre avait été signé. Par conséquent tout cela n'avait plus aucun, mais vraiment aucun sens. Notre expédition allait s'arrêter là, au bord du Pacifique. C'était sûr. C'était évident. Chaque soir, nous pensions que le lendemain apporterait l'ordre du retour.

Les instructions arrivaient, certes, transmises par l'attaché militaire de France à Washington. Toutes pareilles : attendre l'instruction suivante. Et nous avons attendu. Six semaines. Oui, pendant six semaines les états-majors nous ont laissés pour ainsi dire suspendus au bord du Pacifique et pendant six semaines nous avons usé, abusé de la vie folle qui s'est offerte à nous.

Dès l'arrivée, à la descente du train, une foule en liesse nous a assiégés. Journalistes, photographes, opérateurs de cinéma étaient au premier rang. Puis des femmes, des femmes. En blouse de la Croix-Rouge, en tailleur, en manteau, vieilles, jeunes, vendeuses, serveuses, millionnaires, toutes criant, riant, tendant vers nous des fleurs, des billets de rendez-vous, des cigarettes, des lèvres. A ne pas croire... En toute conscience, je n'exagère pas.

Nous étions logés dans le même hôtel, le plus luxueux de la ville : le *San Francis*. Quand on commandait un verre au bar, le barman refusait l'argent. Pour les chambres, elles étaient offertes par la direction. Et même dans la rue, quand on prenait un taxi, c'était pareil, impossible de payer. Tout nous était donné. Nous allions de réception en réception, de gala en gala, et de boîte en boîte et, partout où nous entrions, tout le monde se levait, hommes et femmes. Et l'orchestre entamait *La Marseillaise* puis *La Madelon.*

Pour les hommes de troupe, évidemment, intervenait la hiérarchie militaire. Les mécaniciens, les gens des bureaux, de corvée, bref les « rampants », comme on les appelait amicalement, étaient disséminés dans de petits hôtels et ils n'allaient pas de gala en gala. Mais la ville les fêtait aussi chaleureusement qu'elle le faisait pour nous. Ils menaient une vie de cocagne. Les invitations pleuvaient. Repas à la maison ou au restaurant, soirées dans les bars, visites de San Francisco et de ses abords magnifiques, et même des mariages...

En revanche, on demandait avec passion comme souvenirs les galons des sous-officiers, les décorations à ceux qui en portaient. Et quand il n'y avait ni galons, ni croix de guerre, c'étaient les casques, et quand il n'y avait plus de casques, les gars allaient jusqu'à découper leurs bandes molletières en petits morceaux.

La plupart donnaient tout cela de bon cœur, dans la foulée pour ainsi dire. Quelques-uns toutefois, moins exaltés, faisaient commerce de ces souvenirs. Je pense que le recours aux bandes molletières, c'est eux qui en ont eu l'idée les premiers. D'ailleurs, galons, casques, bandes molletières, la plupart des « rampants » n'en avaient plus besoin. Ils étaient en effet inaptes au service actif, soit pour défaut organique, soit à la suite de blessures de guerre. Ils ont reçu leur ordre de démobilisation pendant notre séjour à San Francisco. Ce qui signifiait que notre escadrille déjà inutile devenait du coup proprement inutilisable. Plus assez de services, plus assez de mécanos...

Ça ne m'a pas empêché de faire un vol. Avec un ami de passage. De ces amis américains, on en avait en masse, en foule. Au point qu'ils se confondent dans ma mémoire. Celui-là, cependant, Fred, je ne l'ai pas oublié. Et pour cause.

Il était pilote militaire à Sacramento, la capitale de l'Etat de Californie, et m'a invité à lui rendre visite dans son escadrille. Au mess, on a bu à la France, aux Etats-Unis, à la Californie, à l'aviation, aux camarades morts, aux vivants. Après quoi il m'a dit :

– Viens, on fait un petit tour.

Heureusement, j'étais anesthésié par les toasts. Fred voulait étonner l'aviateur français, le vétéran, le « vieux » qui avait connu la guerre. Il n'y a que trop réussi. Dans un sage petit coucou d'entraînement, pas fait du tout pour des acrobaties, ce ne fut que loopings, tonneaux, rase-mottes à deux mètres du sol et enfin chandelles qu'il rattrapait à l'extrême limite par je ne sais quel miracle. Toute manifestation de malaise, toute tentative pour arrêter le jeu m'étaient interdites. Question de dignité, d'honneur. Et quand Fred, après une contorsion de l'appareil particulièrement atroce, tournait la tête vers moi avec un rire de fou, je me devais de répondre par le même rire.

Une heure de cette voltige ! Et l'animal s'est posé comme une fleur.

Mon seul ami, au sens fort du mot, était Bob. Le lien entre lui et moi s'était noué en France tout de suite et se resserrait chaque jour davantage au cours de notre équipée. Pendant ces six semaines nous sommes rarement sortis l'un sans l'autre. Nous étions devenus les frères terribles de San Francisco.

Ce qui me reste dans la mémoire de ces journées hallucinées et de ces nuits blanches, c'est d'abord le goût d'alcools tout nouveaux. Qui donc en France et dans nos milieux connaissait alors le scotch, le rye et l'incroyable variété de cocktails que l'on inventait aux Etats-Unis ? Et puis la folie de la danse. Jamais au monde on n'a tellement dansé, il me semble, que dans les villes d'Amérique à ce moment-là. Tout s'y prêtait : le jazz, les pas nouveaux, la fin de la guerre. On dansait à l'heure du thé, du cocktail, du dîner, du souper, jusqu'à l'aube, en mangeant, en buvant, entre les plats. Bob dansait à merveille. Moi, très mal.

Je m'en tirais par une fable héroïque : je racontais que, descendu en combat aérien, j'avais à la jambe droite une fracture mal remise. Cela me valait, de la part de belles jeunes femmes, admiration et attendrissement. Elles se sacrifiaient avec bonheur pour rester aux côtés du héros blessé. J'allais jusqu'au bout du jeu et faisais semblant de boiter. Souvent à la fin de la nuit je ne savais plus de quelle jambe.

Boissons, jazz, *Marseillaise, Madelon,* l'impression d'être les rois de la ville, rien, semblait-il, ne pouvait porter plus haut le déchaînement. Or vint la nuit du 31 décembre. Et ce fut la nuit entre les nuits. Tout s'y prêtait. La fin de l'année en même temps que la fin de la guerre et quelque chose qui comptait davantage encore : la prohibition toute proche, imminente. Le principe en avait été acquis, voté. Mais la loi ne devait entrer en vigueur que plus tard. Ainsi, c'était peut-être la dernière fois – et pour combien de temps ! – que, au seuil d'une année nouvelle, les Américains seraient libres de boire tous les alcools qu'ils voulaient, autant qu'ils le voulaient, sans risque de poison et à un prix normal. Alors, toute la nuit la ville a été prise de démence. Il m'en reste deux ou trois images...

Un de mes camarades aviateurs est assis à la table d'un couple américain, au *Tait's*, une des boîtes les plus courues de la ville, et voici que le mari se lève tout à coup, verre en main, le visage illuminé, des larmes aux yeux, et crie :

– Vive la France, vive les pilotes français. Je ferais n'importe quoi pour eux. Je vois bien que ma femme vous plaît. Je m'en vais. Je vous bénis.

Et il s'en va.

Un autre établissement de nuit. Nous sommes, Bob et moi, soulevés par vingt bras, déposés sur une table et, tandis qu'on nous gorge de whisky, il nous faut chanter *La Madelon* pour la vingtième fois.

Une rue de San Francisco... Deux cabarets se font face. Il suffit de trois pas pour traverser. Eh bien non... rien à faire. Nous sommes portés en triomphe de l'une à l'autre boîte. Une fois, deux fois, trois fois.

Et l'or coulait entre les doigts des gens. Des pièces d'or – cinq dollars – dix dollars – vingt dollars. L'or qui avait la même valeur, pas un *cent* de plus, que le papier-monnaie !

Pendant des heures, j'ai eu le sentiment que, vraiment, littéralement la ville entière était saoule. Et pas seulement sa population, mais les pierres de ses maisons, les arbres de ses parcs, les collines sur lesquelles elle était bâtie et jusqu'aux funiculaires bariolés de couleurs éclatantes qui grimpaient et descendaient sans cesse le long de leurs flancs.

Oui, la ville de San Francisco nous a fait des adieux qui étaient à la mesure, ou plutôt à la démesure des semaines qu'elle nous avait données.

Car l'année 1919 venait à peine de naître que nous reprenions notre voyage.

Car les états-majors nous ont laissé continuer, bien qu'ils aient eu le temps de la réflexion cette fois. Et bien que notre escadrille ne fût plus capable de travailler à cause des rapatriements.

Mieux encore : nous avons appris, avant de partir, que les avions à nous destinés venaient seulement de quitter Cherbourg à bord d'un cargo qui devait gagner Vladivostok en passant par le canal de Panama. Des mois de mer. C'est dire que, pour un temps que nul ne pouvait prévoir, nous allions être à Vladivostok des aviateurs sans un seul avion.

Donc, nous avons embarqué sur le *Sherman*, un transport de troupes, comme l'était le *President Grant*. Mais cette fois le voyage se comptait en semaines au lieu de jours. Près d'un mois pour traverser le Pacifique. Et les conditions étaient toutes différentes.

Il faisait beau. Il faisait chaud, juste ce qu'il fallait pour aimer la brise océane. La grande houle du Pacifique courait à perte de vue jusqu'à l'horizon. Nous ne laissions pas derrière nous la France à l'instant où toutes ses cloches sonnaient l'armistice. Mais une ville qui nous avait saturés, épuisés de plaisirs. Le guerrier avait, pour commencer tout au moins, vraiment besoin de repos. Et puis nous n'étions plus les seuls passagers. Il y avait deux bataillons de « marines » à bord du *Sherman.*

Tout le monde, à présent, sait plus ou moins ce

que sont les « marines » : corps d'élite formé à la discipline la plus exigeante, à un entraînement de combat, un dressage impitoyables. Eh bien, les « marines » d'aujourd'hui ne sont que des enfants de chœur auprès des « marines » de la fin du siècle dernier et des premières années du nôtre. Ceux-là étaient vraiment des durs entre les durs. L'époque y était pour beaucoup. Les services, les commodités, les facilités de vie qui, même pour les « marines », jouent un rôle si important dans l'armée américaine, on n'en avait pas les moyens matériels. D'ailleurs personne n'y songeait. Les militaires n'inspiraient ni sympathie, ni respect. La conscription n'existait pas. Il n'y avait que des professionnels. C'est-à-dire des gens qui n'étaient capables de rien d'autre que de se battre. Des mercenaires, en somme, des aventuriers à solde. Et particulièrement les « marines », espèce hybride, motié soldats et moitié matelots. Bref, des durs entre les durs, vraiment des *tough guys*.

Parmi les nôtres – je veux dire ceux du *Sherman* – pas mal d'hommes de troupe et la plupart des officiers et gradés appartenaient à cette génération. Brutalement musclés, nonchalants au calme et d'une détente meurtrière à la moindre alerte, la peau couleur de vieux bois, tannée et brûlée par les vents et les soleils des mers chinoises, indiennes et caraïbes, ils avaient « fait » et pris Cuba. Ils avaient « fait » et pris les Philippines. Il avaient « fait » à Pékin la guerre des Boxers.

Ils étaient simples d'abord, de langage et de manières. Rien, je crois, ne pouvait les étonner. En tout cas pas notre qualité d'aviateurs. Ils avaient tant vu, tant vécu, tellement tué et des gens si bizarres. Pour eux, nous étions des *greens*, ce qui veut dire « verts », l'équivalent des « bleus » de l'armée française. *Greens* par l'âge et le peu d'expérience du vaste monde. Bon public pour écouter leurs aventures.

Ils ne demandaient qu'à les conter. Et leurs voix s'y prêtaient bien, ravagées par des années et des années de bourlingue, de bagarre, de gros tabac, d'affreux breuvages et de chapelets d'obscénités. Nous étions dans l'enchantement. Les rudiments d'anglais qui nous restaient de l'école et ceux que nous avions glanés à San Francisco ne permettaient pas — loin de là — de tout comprendre. Mais ce langage clair-obscur ne gâchait pas notre plaisir. Il permettait de mieux rêver. Et le *Sherman* se balançait au gré de longues lames d'un bleu de pierre précieuse et la brise venue d'îles invisibles sentait si bon. Le temps était suspendu. On buvait de bonnes choses.

Oh, sans doute, sur ce bateau-là, les alcools étaient interdits. Autant que sur le *President Grant*. Légalement, réglementairement, tout transport militaire était sec. Mais nos « marines » avaient leurs propres lois et leurs propres règles. Au mess, à la cafétéria, sur le pont, ils ne demandaient que de l'eau ou du thé. Seulement l'eau avait toujours un fort goût de gin, et le thé, une odeur très nette de whisky ou de rhum. Dans leurs cabines, c'était plus simple encore : on appelait les choses par leur nom. Plus le grade était élevé, mieux fournie la réserve. Quant au commodore de la U.S. Navy, patron du *Sherman*, lui — marin vaut bien « marine » — il avait installé dans ses appartements un véritable bar. Des matelots servaient. Une cagnotte remboursait les frais.

Il y avait trois grandes tables avec chacune son président. Aile droite, le lieutenant-colonel des « marines ». Centre : le commodore, maître à bord après Dieu, et aile gauche, le représentant de Dieu lui-même, le *padre*, l'aumônier du régiment. Ces trois hommes se ressemblaient si fort — trognes de soudard, forban, ribaud d'église, teint moitié hâlé, moitié lie-de-vin, épaules énormes, solide bedaine, cigare cubain ou philippin dans la bouche hilare — qu'on les eût dits de la même tribu, de la même famille. Des trois, c'est le *padre* que l'on préférait.

Malgré la soixantaine, il riait, buvait, contait mieux que les autres et ses histoires étaient les plus obscènes. Et puis, dès le premier soir, il nous avait « eus ». Voici comment. Le repas achevé, il nous avait dit :

— Vous autres qui, paraît-il, naviguez dans les airs comme les anges du ciel, je doute que vous parveniez à faire ce qui a été accordé au très humble serviteur de l'Eglise que je suis.

— De quoi s'agit-il ? a demandé Bob.

— Très simple : enlever avec vos dents une grosse pomme d'un bol rempli d'eau.

— Et vous le faites, vous ?

— Vous verrez bien, a dit le *padre* doucement.

— Pourquoi pas nous alors ?

— Pourquoi pas en effet, a dit le *padre*. Cela vaut bien un pari. Oh pas gros... Un petit dollar par tête. Moi seul contre vous tous.

— Tenu ! dirent tous les camarades de l'escadrille.

Nous aurions dû nous méfier. Le bol plein d'eau était déjà sur la table. Dedans, une pomme énorme. Autour de nous « marines » et officiers du *Sherman* formaient cercle. Mais que faire ? Parmi ces drôles de compagnons, nous étions vraiment des *greens*. L'un après l'autre, nous avons essayé. Personne, même en ouvrant les mâchoires jusqu'à se déchirer les joues, n'a pu envelopper la pomme, fût-ce du bord des lèvres.

– Bien, a dit le *padre*.

Il a retroussé ses manches, plongé ses doigts au fond de sa bouche, en a sorti un râtelier complet, coincé la pomme entre les deux branches et l'a haussée vers le plafond, comme il eût fait pour une hostie. Sans ajouter un mot, il a remis le fruit dans le bol, le râtelier dans la bouche et raflé les pièces d'argent – une quinzaine – répandues devant lui.

Il y a eu autour de nous un fracas d'applaudissements et de rires. Nous avons fait comme tout le monde et de bon cœur, je t'assure.

Pour une telle farce et d'un tel curé, sur un tel bateau, et dans le Pacifique, un dollar, ce n'était pas cher.

On ne pouvait pas mieux commencer notre vie commune. Les verres pris ensemble ont fait le reste. Et l'échange des souvenirs. Notre curiosité pour leurs histoires était inépuisable. Eux, ils aimaient à nous interroger sur la France.

Ils n'y avaient jamais été, ni avant, ni pendant la guerre. Leurs questions portaient uniquement sur les filles. Je ne jure pas qu'il n'y eût que vérité dans nos récits. On se laissait aller à la fantaisie, à l'outrance. On brodait pas mal. Il fallait bien satisfaire le besoin, chez ceux qui nous écoutaient, de l'étonnant, du merveilleux. A nos inventions les plus crues, ces trognes obscènes prenaient une sorte d'innocence enfantine. Nous, c'est les gratte-ciel de Manhattan qui avaient nourri nos rêves. Eux, les bordels de Paris, de Marseille.

A cause des « marines », on s'est mis au poker – jeu largement pratiqué dans la plupart des escadrilles. Les uns l'ont fait par goût. D'autres, pour ne pas refuser aux nouveaux copains. Certains même y apportaient une assiduité, une ponctualité de cure. J'emploie le mot dans son sens propre, le plus strict.

La mer était bonne et belle. Pas un grain, pas une saute de vent, pas même d'écume. Mais la houle du Pacifique était longue, longue et profonde, profonde. Quelques-uns de nos camarades ne la supportaient pas bien. Au début ça n'avait été qu'une gêne. Et puis le mouvement du *Sherman*, régulier comme un métronome, qui descendait, descendait au fil de la lente, immense, interminable lame pour, aussitôt qu'il en avait atteint le creux, remonter, remonter jusqu'au sommet suivant et recommencer sans fin plongée et ascension, ce mouvement faisait peu à peu de la gêne un malaise et du malaise un bon mal de mer. Le médecin des « marines » a essayé de soigner les plus atteints. Ses remèdes n'ont fait qu'accroître leur misère.

Alors est intervenu le *padre*.

— J'en sais plus là-dessus, a-t-il dit, que le Doc.

Il est allé trouver les malheureux garçons sur leurs chaises longues du pont ou les couchettes de leur cabine, les a levés de force et traînés jusqu'à sa table de poker.

— Maintenant, a-t-il ordonné, jouez plus gros que d'habitude.

Livides, hébétés, ils ont obéi. Eh bien ! sur ma parole, après quelques donnes, ils ne ressentaient plus rien que le désir de gagner.

Il est difficile aujourd'hui de sentir ce que représentait, quand on avait vingt ans, une telle traversée, aux premiers jours de 1919. Les grands voyages, alors, n'avaient rien de commun avec les trajets de groupes, en séries, au menu, à la carte que les usines de tourisme fournissent aujourd'hui. Il y fallait du temps, des métiers singuliers, une occasion rare. Les atlas portaient encore des taches blanches, terres inconnues. Les mers lointaines gardaient leurs trésors, leurs secrets, leurs légendes. Entre toutes, l'océan Pacifique, le plus vaste du monde.

Les dauphins jouaient autour du *Sherman*, les requins surgissaient contre ses flancs, des vols d'oiseaux jamais vus passaient comme des nuages ailés, et le sillage chantait, et le soleil cheminait vers sa gloire dernière. Je regardais, je regardais. Là un îlot, là un récif. Là un bouquet de palmes. De temps à autre – la bibliothèque du bord étant riche en ouvrages de cette sorte – je feuilletais Stevenson, Melville, Jack London, le Capitaine Cook, Bougainville ou Vasco de Gama. Et me disais : « Ces îles de songe, ces îles bénies des mers du Sud, elles viennent à ma rencontre. » Non, on ne peut pas savoir.

Après dix jours de mer, les Hawaii... Honolulu.

Je ne dirai pas que tout y était resté comme au jour où Cook avait découvert l'archipel. Mais au cours des années qui s'étaient écoulées entre la date de cette découverte et celle de notre escale, les conditions matérielles et les formes de vie n'avaient pas bougé à la vitesse vertigineuse qu'elles ont connue par la suite. Les vêtements, la nourriture, les boissons, les huttes, les fêtes, tout portait encore la marque des origines.

Le protectorat américain n'avait pas vingt années. Les chefs, les princes, les rois des îles vivaient encore. Les plages étaient vierges. Les mœurs, d'une simplicité, d'une gentillesse primitives. Le rite, le tabou gardaient leur magie. L'hospitalité, son entière vertu. On accueillait le voyageur comme un hôte précieux et non comme un client. Les guirlandes et colliers de fleurs magnifiques, la musique des *ukulele*, les danses de la *hula* – tout ça, de la part des hommes et des garçons, des femmes et des jeunes filles, n'était pas spectacle, « folklore » tarifé, mais, vieille comme le temps, la bonté de l'accueil.

Voilà pourquoi les gens, leurs mouvements, leurs instruments, leurs voix avaient un accent et un pouvoir qui se sont perdus avec leurs paradis. Pauvres, pauvres paradis dont la musique est devenue le cliquetis des pièces de monnaie, qui sentent le graillon des hot-dogs et des hamburgers, où les charters amènent en quelques heures et déversent les hordes du week-end.

Mais pourquoi penser à cela ? Je ferme les yeux et retrouve les filles faites de grâce, de sensualité et d'innocence, les garçons modelés par les courses aux flancs des volcans et au creux des pirogues qu'ils ont eux-mêmes taillées dans le bois, selon le moule qui était celui de leurs ancêtres, par la plongée et le surf, toutes et tous couronnés, ceinturés, enveloppés de l'éclat des fleurs et de leur parfum, chantant et dansant comme pour des dieux obscurs qu'ils servaient encore. Et au milieu, le vieil homme qui les dépassait de la tête et menait le jeu.

Etait-ce un ancien chef, ou prince, ou roi ? Il en avait la majesté, la superbe. Un grand sorcier ? Il en avait le feu et le mystère. Devait-il son infatigable, inépuisable ardeur orgiaque à l'herbe de *kawa* dont on tirait aux îles boisson fermentée et drogue puissante ? Ou bien avait-il reçu de la nature cette frénésie sacrée ? Inutiles questions... Et que je me suis posées seulement par la suite. A l'instant même, le travail de la pensée se trouvait suspendu, arrêté. Par bonheur.

Le Japon a été la deuxième et dernière escale. Là, rien à signaler. Le séjour a été trop bref. Le temps de faire du charbon. Aucun contact humain. Quelque chose de pas très réel. L'impression de voir défiler, agrandies aux dimensions et aux couleurs de la nature, les images des estampes et des cartes postales : les foules en kimonos, le profil du mont Fuji-Yama, les *kouroumas*, hommes de trait, attelés à leurs petites voitures à deux roues, les temples et enfin la mer Intérieure, avec ses petites îles féeriques, ses petites maisons, ses petits champs, ses petits bois de bambous, ses petits buffles, son petit peuple le long de rivages si rapprochés qu'ils semblaient, à tribord comme à bâbord, à portée de la main.

Brusquement, à la sortie, une sorte de coup de fouet sauvage a tout bousculé : le bateau et le monde. Ciel et eau de plomb. Sur les crêtes des vagues, l'écume elle-même était devenue grise. En même temps, nous avons eu très froid. D'un froid porté par un vent qui griffait, mordait, coupait. Un vent qui sentait le gel. C'était toujours le Pacifique mais soumis au souffle du Pôle.

A mesure que les jours passaient, la neige tombait plus dru et le verglas saisissait davantage les ponts. Un brise-glace a dû creuser un chenal devant le *Sherman* pour lui permettre d'accoster à Vladivostok.

Enfin Vladivostok.

Il y avait quatre-vingts jours que nous étions partis de Brest.

SEIGNEUR DE L'ORIENT

Un nouvel univers. Une autre planète.

Après le fourmillement, le tumulte, les édifices grandioses du port de New York, la baie sublime de San Francisco, sa Golden Bay – la baie en or – après les plages d'Honolulu et la magie de la mer Intérieure, après tant de soleil, de vie intense et de beauté, qu'avions-nous sous les yeux ? Une lumière lugubre ; un port gelé ; des bateaux pris dans la glace ; sur les quais, des coolies chinois en guenilles semblaient des larves humaines. Tout – le ciel, la glace, les maisons, les gens –, tout était gris, triste, sale.

Enfin, déployés en grand arc de cercle, fantômes d'acier noir dans la brume, leurs tourelles braquées sur la ville, des cuirassés japonais. Oui, japonais. Dans cette guerre-là, ils étaient nos alliés. Pourquoi ? Contre qui ? J'avoue que je ne m'en souviens pas, si je l'ai jamais su. En tout cas, leurs bâtiments de guerre étaient là, monstres noirs assis dans la glace, gardiens d'un continent livide.

C'était angoissant, oui. Mais aussi fascinant. Cette terre voilée, scellée par le gel, justement parce qu'elle semblait interdite, inspirait le désir violent d'en forcer le seuil. Cependant des matelots entassaient nos cantines sur le pont et les « marines » nous faisaient leurs adieux. Ils s'étaient pris d'amitié pour leurs *french greens* et ils éprouvaient pour notre sort une pitié sincère.

Eux, ils allaient descendre vers le Sud, retrouver les mers chaudes. Leurs escales seraient les paradis brûlants d'alcool et de débauche, les bouges immenses, légendaires de l'Extrême-Orient qui avaient pour nom Shanghai, Hong Kong, Canton. Enfin ils débarquaient aux Philippines dont ils nous avaient tant vanté les plages et les filles.

Je ne les enviais pas. Vraiment, pas du tout. Les beuveries, le jeu (les pokers sur le *Sherman*, comme il se doit, m'avaient complètement ruiné), les fleurs et les fruits exotiques, — tout cela j'en étais gavé, sursaturé. Il y a toujours une rançon aux excès. La gueule de bois morale est de loin la plus cruelle. J'avais besoin, maintenant, de me reprendre, me retremper dans un climat difficile, rude, risqué. Vladivostok nous l'offrait. Vladivostok... Vladivostok. En russe : *Seigneur de l'Orient.* Ainsi l'avaient baptisé les fondateurs de la ville. J'avais appris cela à Orenbourg, sur les bancs du gymnase. La saga sibérienne... Commencée par Ermak, bandit des grandes routes, sous le règne du tsar Ivan le Terrible et, menée de siècle en siècle, sur des milliers de lieues, à travers fleuves géants, déserts glaciaires, forêts grandioses... pour enfin déboucher sur le Pacifique et bâtir ici Vladivostok – *Seigneur de l'Orient...*

Eh bien, rarement attente fiévreuse a été douchée de la sorte. Seigneur de l'Orient, ça ? Une ville provinciale, perdue, mesquine... La neige malpropre. Les maisons décrépites, sinistres. Pas une avenue, pas une rue décente. Et le long des lugubres façades, d'étranges patrouilles qui se traînaient va comme je te pousse et dont aucun des soldats n'avait la même tenue. Quel démenti à mes rêves ! Quelle chute dans le réel !

Mais par un choc en retour, tant d'abandon, de délabrement servait à merveille le besoin d'une vie différente, contraire de celle que nous venions de mener. Et les souvenirs si puissants de l'enfance jouaient à nouveau.

Il n'y avait pas plus de dix ans que j'avais quitté Orenbourg et les rives de l'Oural. Les gens là-bas, comme ici, portaient en hiver des touloupes de mouton, des bottes de feutre, des bonnets de fourrure. Ici comme là-bas, on voyait, dans les maisons, à travers les vitres tatouées de givre, fumer l'éternel samovar et des ivrognes en guenilles, dépoitraillés malgré le froid, sortir des buvettes pour s'écrouler dans la neige. Et les bulbes des églises, les traîneaux, les attelages –, tout était pareil. Et si dans Orenbourg on croisait sans cesse des Tatars, des Kirghiz, fils de la steppe turkestane, c'était, à Vladivostok, ceux des *taïgas* et *toundras* du cercle polaire : Bouriates, Yakoutes, Samoyèdes... Sans compter les Chinois. Mêmes faces plates, mêmes yeux bridés...

Pourtant, quand nous avons atteint le siège de la mission française à Vladivostok, alors là, tout le reste a été oublié, dépassé. Il faut vraiment l'avoir vu pour y croire. Faute de place disponible, c'est dans le musée d'ethnologie, archéologie et histoire naturelle de la région qu'elle était logée. C'est entre des squelettes de baleines géantes, parmi des tigres sibériens – les plus grands du monde – empaillés, des flèches en os, des outils de l'âge de pierre que travaillaient les officiers français, détachés d'Omsk où se trouvait le quartier général.

C'est là qu'ils nous ont donné un premier aperçu de la situation.

A Vladivostok, les Japonais tenaient le port. D'où leur importance dans le jeu sibérien. Celle des Tchèques n'était pas moindre. Eux, ils tenaient le rail.

Ici, l'histoire devient extraordinaire. Les Tchèques ne faisaient partie de l'Empire austro-hongrois que malgré eux. Leur royaume, avant d'être conquis, avait eu ses heures de faste et de gloire. Pendant des siècles, ils n'avaient cessé de revendiquer leur indépendance, par des révoltes et des insurrections. D'origine slave, ils considéraient les Russes comme leurs protecteurs naturels, leurs grands frères. Quand est venue la Première Guerre mondiale, ils ont déserté par sections, compagnies, bataillons entiers pour les rejoindre. En 1917, ils étaient regroupés à l'intérieur de la Russie en une armée de 15 à 20 000 hommes, équipés du meilleur matériel, avec leur propre commandement et animés d'un seul désir : retourner au front, de l'autre côté des lignes qu'ils avaient abandonnées, se battre contre leurs anciens maîtres, retrouver et libérer leur pays.

Mais il y avait eu la débâcle russe, la révolution d'Octobre et, entre Soviétiques et Allemands, la paix de Brest-Litovsk. Voici donc les volontaires tchèques organisés, disciplinés, armés, qui brûlent de se battre et qui se trouvent au cœur de l'immense Russie convulsée par une guerre civile où ils n'ont rien à voir. Ils prennent alors une décision qui semble folle : se frayer un chemin qui les ramènera chez eux.

La route directe, celle de l'ouest, est bouchée. Les armées allemandes sont là. Peu importe. Ils prendront la direction de l'est. Cela veut dire : la Volga, l'Oural et la Sibérie entière jusqu'au Pacifique, pour s'embarquer un jour. Le trajet représentait quelque dix mille kilomètres en plein inconnu, en plein chaos sanglant. Ce trajet, les Tchèques l'ont fait. Ils ont occupé l'une après l'autre les stations du Transsibérien et atteint Vladivostok, qu'une ligne toute neuve – elle n'avait pas deux ans – venait de relier à la voie ferrée la plus longue du monde.

Ainsi, aux Japonais le port indispensable, unique, sur une mer accessible toute l'année par brise-glace. Aux Tchèques, le rail, l'artère nourricière, vitale. Japonais et Tchèques, deux forces supérieurement organisées, sûres, efficaces.

Mais pour le reste : désordre, incohérence, pagaille, bordel. C'étaient les propres termes des officiers qui nous renseignaient. Ils étaient écœurés. Cette expédition contre nature, rameutée des quatre coins du monde, pour affronter un ennemi fantôme et qui maintenant avait mis bas les armes, était un incroyable magma. On aurait pu croire à certains traits qu'elle était l'œuvre d'un fou.

Le corps de troupes anglais comptait un bataillon venu des Indes et celui des Français des éléments du Tonkin. En Sibérie, en plein hiver ! Parce que c'était plus près, sans doute.

Et puis il y avait tous les déserteurs et prisonniers de guerre des armées austro-hongroises constitués en détachements indépendants, nationalité par nationalité, et qui relevaient d'un état-major spécial — c'est-à-dire de personne.

— Vous avez vu en venant ici les patrouilles ? disaient nos informateurs. Elles ont bonne mine, non ? Hé bien, elles représentent douze pays différents — un soldat par pays. Oui, douze. Comptez avec nous : États-Unis, France, Angleterre, Canada, Nouvelle-Zélande, Australie, Tchécoslovaquie, Hongrie, Roumanie, Serbie, Japon. Et, enfin, Russie.

— Mais quelle Russie ? avons-nous demandé.

Là, c'était véritablement un cauchemar.

Au sommet de la hiérarchie, dans Omsk, la grande ville sibérienne, siégeait l'amiral Koltchak. Il était entouré de tous les attributs extérieurs du pouvoir : il avait un Premier ministre, un gouvernement, un grand état-major, un arroi démesuré de hauts généraux, de hauts dignitaires, de hauts patriarches de la vieille et sainte Russie. Proclamé régent de l'Empire, Koltchak avait fait serment d'anéantir les Rouges et de rétablir sur le trône l'héritier des tsars.

Mais dans l'Empire, la Russie d'Europe, celle qui possédait les vraies ressources, en population, en industrie, en hommes d'élite, les Soviets en étaient les maîtres. Et à travers la Sibérie, immense à coup sûr, mais terriblement sous-peuplée et à demi sauvage, Koltchak pouvait seulement compter sur quelques régiments démoralisés de l'armée régulière et quelques bataillons d'officiers blancs qui servaient comme simples soldats.

Des cosaques aventureux en rupture de ban, des forçats à qui le désordre avait ouvert les bagnes, un ramassis de chercheurs d'or, de trappeurs, de vagabonds prompts au pillage formaient ses autres « troupes ».

Et tout le monde, pour le ravitaillement, dépendait du Transsibérien – c'est-à-dire des Tchèques –, et du port de Vladivostok – c'est-à-dire des Japonais.

Et les partisans rouges menaient une guérilla incessante, acharnée.

Les officiers français avaient fini leur exposé. Mes camarades et moi, appuyés contre des os de che, j'ai eu comme un vertige. Elle était gonflée, bourrée de billets de banque. Des liasses et des liasses de milliers et de milliers de roubles. Milan a redressé la sacoche que j'avais laissée tomber sur un côté, en disant :

— L'habitude viendra vite, vous verrez. Il en faudra beaucoup d'autres.

Avant de poursuivre, il est allé chercher sur un buffet une bouteille de vodka. Le temps de prendre deux ou trois verres, j'avais compris. Clair et simple...

Munitions, armes, ravitaillement, wagons, locomotives, chefs de dépôt, chefs de train, mécaniciens — bref, choses et gens, on était — sans quoi, rien à faire — obligé de tout acheter. Pas au prix de la marchandise, évidemment. Il y aurait fallu un budget d'Etat. Mais en pots-de-vin.

— Ces Russes, ah ! ces Russes, répétait Milan.

Dans le soupir qui accompagnait ces mots, je ne sentais aucun mépris. Rien que de la peine et une sorte de honte. Dès sa petite enfance, l'immense Empire de l'Est — slave comme son pays — avait été un espoir sacré, le recours le plus sûr, le plus haut. Quand, au risque de sa vie, il traversait les lignes autrichiennes, il le faisait comme pour se jeter dans les bras d'un grand frère tout-puissant. Et voilà que l'Empire se trouvait réduit à la Sibérie. Que là, tout était misère, désordre, désespoir. Que des étrangers y faisaient la loi. Et lui, petit sergent tchèque, il avait plus de pouvoir que bien des généraux.

— Ces Russes, ces Russes, disait Milan. Vous verrez.

J'ai vu.

Je pourrais parler des bouges du port qui suintaient la vodka et le crime et des bidonvilles chinois où, dans la fange, la vermine et la faim, gîtaient les coolies qui venaient par milliers, clandestinement, de la frontière voisine.

Je pourrais parler aussi d'un bordel, logé dans une ancienne caserne qui menaçait ruine et que peuplaient des milliers de prostituées — japonaises, coréennes, chinoises —, je dis bien : des milliers, réparties dans des alvéoles d'un mètre de large et deux de long, munies en tout et pour tout d'un grabat nu à même le sol, séparées les unes des autres par un petit rideau immonde et protégées de la même façon des corridors sans fin sur quoi des deux côtés elles s'alignaient. Oui, un bordel-caserne de milliers de filles, sans une serviette, sans un broc d'eau.

Oui, je pourrais en parler longtemps. Mais je

veux en venir tout de suite à ce qui devait être mon terrain d'opérations.

La première personne qu'il me fallait voir dans ce domaine était évidemment le chef de tous les services ferroviaires, un colonel russe de l'armée Koltchak. Ses bureaux se trouvaient, comme il se doit, à la gare. Milan m'y a conduit.

Elle était vaste, massive, plus nette et décente que les autres édifices publics. Elle n'avait pas eu le temps de se dégrader : la ligne qui reliait Vladivostok au Transsibérien n'avait pas beaucoup d'années. À l'approche, elle faisait bon effet. Mais dès que notre traîneau nous eut déposés devant le haut perron, je n'ai plus été capable de penser à quoi que ce fût. L'odeur était déjà là. Insidieuse, sournoise... détestable. A chaque marche, elle devenait plus lourde.

Quand nous avons atteint le perron, elle imprégnait, souillait l'air pourtant libre.

— Venez, m'a dit Milan.

Il se tenait près de la grande porte à peine entrebâillée qui donnait accès à l'intérieur de la gare. Je l'ai rejoint. D'un coup d'épaule où il avait mis tout son poids, il a poussé le battant.

— Venez, a répété Milan.

Je ne pouvais pas. Non, je ne pouvais pas. Là, c'était l'antre de l'odeur. Elle frappait en pleine face, de plein jet. Ignoble à faire vomir. Et ce n'était rien encore.

De la porte jusqu'aux derniers recoins du hall, le sol était tapissé, matelassé d'une épaisse et horrible substance, molle, flasque, espèce de tourbe, de marécage, dont on ne savait si elle était vivante ou morte car tantôt elle demeurait inerte et tantôt remuait faiblement. Les fenêtres enduites de suie, de vieille poussière et de givre sale ne laissaient passer qu'une lueur couleur de cendre. Il fallait un long instant pour reconnaître dans la matière qui couvrait toute la surface du hall sans en laisser un pouce libre, collés, entrelacés, imbriqués les uns aux autres, des corps humains.

— Venez ! a dit encore Milan, mais cette fois avec une intonation qui m'a obligé à lui obéir.

Pour empêcher la porte de se refermer, il avait à employer toutes ses forces. Je me suis glissé dans l'ouverture. Il m'a suivi. Le battant est retombé derrière nous. Alors, j'ai été près de suffoquer. Emanations et relents formaient une sorte de vapeur humide qui prenait aux narines, à la gorge, aux viscères. Cela sentait la graisse, le suint, la crasse, la vermine, l'urine, le vomissement. Je ne sais pas quelle était plus haut, dans les couches supérieures du hall, la qualité de l'air. A mon niveau la puanteur, la fétidité semblaient palpables, presque solides.

– Avancez ! a dit Milan.

C'est ce que j'ai fait. Un pas derrière l'autre. Un pas derrière l'autre... Les pieds aussi rapprochés que possible sans les quitter du regard un instant. Car la pâte, la bouillie, la gélatine humaine s'écartait juste pour laisser un passage à peine plus large que la paume d'une main.

Soudain j'ai été arrêté net par l'effroi et le dégoût. J'avais écrasé une chose molle, flasque. Un ventre ? Un sein ?

Milan (avait-il piétiné pour le faire d'autres ventres et d'autres seins ?) est passé devant moi.

Nous avons marché un peu plus vite. Le sentier entre les corps s'est élargi. Peut-être parce que Milan était chaussé de bottes très lourdes. Ou parce que, de temps à autre, il criait « Légion tchèque » et que, à Vladivostok, comme sur tout le parcours du Transsibérien, c'était la seule formation qui possédait du prestige.

J'ai pu relever la tête et, m'étant fait à l'obscurité, distinguer vaguement mais distinguer tout de même dans ce magma de gisants informes, quelques êtres et leurs attitudes et leurs traits. Ils n'étaient plus des détritus jetés pêle-mêle au fond d'un dépotoir. Ils devenaient des hommes, des femmes, des enfants. Mais quels hommes, femmes et enfants !

Couchés à plat ou recroquevillés comme des fœtus, ou bien à genoux, ou appuyés sur leurs coudes, ils étaient immobiles pour la plupart, autant que des paralytiques. Et ceux qui bougeaient le faisaient d'un mouvement à peine perceptible : manque de place, manque de force. Sur les visages — crasse, morve, abcès, ulcères. Il y en avait d'intacts mais leurs yeux et leur bouche exprimaient le même épuisement et, pis encore, le même consentement.

« C'est fini », disaient ces yeux d'aveugles, ces lèvres closes.

Le silence régnait aussi épais, aussi insupportable que l'odeur. De-ci de-là, une plainte d'enfant, une toux déchirante, un râle, pas d'autre bruit... Une seule fois, une seule, un homme, peau à nu sous les guenilles, a voulu tendre la main. Milan l'a repoussé.

Donner à l'un, m'a-t-il dit, c'était, de proche en proche, réveiller, appeler dix, vingt, cent de ses voisins. Inutilement. Pour rien. Ces gens étaient au bout... au bout de tout. Ils avaient fui les Rouges, les Blancs, l'incendie, le pillage, les fausses nouvelles les plus folles. Paysans, bourgeois, artisans, ils avaient fui jusqu'à l'obstacle qui était la fin de tout : l'Océan. Alors ils s'étaient laissé aller, tomber — dans la dernière gare de leur voyage.

Parce que, même si elle n'était pas chauffée, il y faisait moins froid que dehors. Et qu'on pouvait s'y serrer contre le voisin. Ils avaient fait comme les clochards, les ivrognes qui depuis longtemps avaient pris ce hall pour asile.

A bout d'espoir. — Au bout du monde.

Nous avions enfin traversé tout le hall. La porte de sortie était gardée par des policiers russes. L'un d'eux nous a conduits auprès du colonel qui avait ces lieux en charge. C'était un homme de haute taille, grisonnant, d'une courtoisie touchante. Il avait un visage fin, racé, désespéré. Les papiers et cachets qu'il me fallait étaient prêts.

— Je pense qu'ils vous serviront, a dit le colonel.

Son sourire était affable et triste. Ce qu'il disait, il n'y croyait pas.

Débuter de la sorte — c'était vraiment dur. Mais l'épreuve la plus rude porte, quelquefois, en elle-même son contrepoison. Je me suis dit que commencer par l'enfer pouvait être une chance. J'étais maintenant endurci, blindé. J'avais vu le pire.

J'aurais eu raison si le pire avait des limites...

Ma mission, donc, était d'acheminer sur Omsk le ravitaillement du corps expéditionnaire français. Pour ce faire, je devais, avec le secours de Milan, acheter les fonctionnaires, le matériel roulant et le personnel russe indispensables.

Nous avions à chercher tout cela dans les hangars, ateliers, parcs et dépôts répartis sur des kilomètres de rails et de sentiers gelés. Pour couvrir le plus de terrain dans le moins de temps, chacun allait de son côté. Or, un jour que je parcourais un secteur jalonné de voies de garage, j'ai repéré sur la dernière, et isolé, un long train de marchandises. Pas de locomotive. Aux abords, aucune activité. Déchargé peut-être et sans nouvelle affectation encore. Il fallait risquer le coup. Avec la gabegie, la vénalité, et l'argent dont je disposais, tout était faisable. Une partie du convoi pouvait très bien changer tout à coup de patrons.

C'est vraiment étonnant combien ce qui touche à la chasse, et quelle que soit la proie, prend la force d'une passion. En pensant que plusieurs de ces wagons, je pourrais les inscrire à mon tableau de la journée et, ainsi, étonner Milan, j'ai été saisi de fièvre.

En dépit des rails sur lesquels je glissais, des traverses contre quoi je butais, des trous cachés par un mélange de boue et de neige où je me tordais les chevilles, j'ai couru comme si le train de marchandises allait soudain m'échapper et ne me suis arrêté que devant le wagon de tête... L'impression que j'avais eue de loin semblait juste. Dedans, pas un mouvement, pas un bruit. Aux alentours il n'y avait pas trace de garde alors que les pillards pullulaient. C'est qu'il ne restait plus rien pour eux. Oui, j'avais vu juste. Seulement, ces wagons de marchandises n'en étaient plus vraiment. Ils étaient devenus des *tieplouchki*.

Il n'y a pas d'équivalent de ce terme en français... A peu près, très à peu près : « chaufferettes ». On donnait ce nom sur le Transsibérien à des wagons conçus pour le fret mais transformés à l'usage des passagers qui ne pouvaient pas payer une place dans les compartiments normaux. Quelque chose comme une quatrième ou cinquième classe.

Pour l'aménagement, ça n'était pas difficile. Des bat-flanc les uns au-dessus des autres, sur toutes les cloisons et jusqu'au toit, aussi serrés que possible. Au milieu, un poêle, muni d'un gros tuyau dont le bout passait au-dehors. C'est par là que j'avais identifié les *tieplouchki*.

J'en avais rencontré souvent au cours de nos recherches et toujours habitées. Les voyageurs, à bout de route et sans espoir de logis, continuaient de les occuper. Indéfiniment. Ils étaient des milliers à peupler ainsi, train après train, voie ferrée contre voie ferrée, ces incroyables villages parallèles, immobiles sur leurs roues mortes, qui avaient pour rues le mince espace compris entre deux lignes de rails.

Par quels travaux, trafics, métiers obscurs, larcins subsistaient-ils ? On n'avait su me le dire. Leur souci dominant était d'alimenter le poêle. Dans ce climat, avoir chaud comptait plus que manger. Or, de mon train, pas un filet de fumée ne sortait, pas un flocon. « Evacué pour une raison ou une autre, ai-je pensé. Tout récemment. Et personne n'a encore eu le temps de venir. » Donc vide. Donc à saisir.

J'ai appuyé sur les portes à glissière. Elles se sont écartées sans peine. Elles avaient dû beaucoup servir. J'ai sauté à l'intérieur de la *tieplouchka*. Ainsi que je m'y attendais, dans un froid glacial, il n'y avait personne. Du moins, à cause de l'obscurité profonde (une seule et toute petite lucarne avait été percée dans un coin du toit), du moins n'ai-je vu personne. Et cependant, à la seconde même, j'ai *su* qu'entre ce wagon et moi, il y avait un malentendu, une erreur épouvantables. Et cela, comme pour la gare, tenait à l'odeur. Mais il ne s'agissait plus d'un mélange que je ne pouvais définir. Ce n'était qu'une seule puanteur. Et que la guerre m'avait appris à connaître. Et que l'instinct le plus profond m'interdisait de nommer.

J'ai repoussé à fond les portes. La lumière du jour est entrée largement. Et je n'ai plus eu à m'interroger sur l'odeur. Le long des rangées de bat-flanc jusqu'au toit et sur le plancher, jusqu'au seuil, les habitants de la *tieplouchka* étaient des cadavres. Je n'ai jamais su comment, à reculons, j'ai sauté hors du wagon. Puis j'ai ouvert le suivant, puis un autre, un autre, un autre... Combien ? Quatre, cinq, six... Impossible de le dire. Et impossible également de comprendre pourquoi je le faisais.

Est-ce que je subissais l'envoûtement de l'horreur ? Etait-ce le besoin désespéré de me convaincre que ces morgues sur rails, ces énormes caisses à cadavres, n'étaient pas vraies, ne pouvaient exister ? On entendait non loin siffler des locomotives, les clameurs des gens qui prenaient d'assaut un train déjà surchargé, les cris des mouettes venues de l'Océan... Et ici... ici...

J'aurais peut-être continué jusqu'au dernier

wagon si, dans l'un d'eux, vers le milieu du train, je n'avais entendu une voix si faible, étouffée, qu'elle semblait filtrer d'un souterrain. Je me suis penché sur un grabat à même le sol. La femme murmurait dans un souffle d'agonie, de délire : « Pourquoi s'en aller, Seigneur mon Dieu ? Mais les gens disaient : Fuyez, fuyez... Alors voilà... le mari... les enfants... Seigneur mon Dieu, prenez-les en pitié. »

Les traits, le fichu de la femme étaient d'une paysanne. Elle aspirait goulûment, par saccades, l'air pourri par la décomposition des corps. J'ai approché ma tête de la sienne et me suis rejeté en arrière d'un seul mouvement. Le fichu, le front, les joues, les lèvres grouillaient de poux énormes.

Elle a eu le réflexe de lever une main, d'effleurer la vermine et de chuchoter : « Les premiers... à Tchita. »

Je n'ai pas songé à calculer le nombre des jours et des nuits qu'il avait fallu au train pour couvrir la distance entre Tchita et Vladivostok. Je n'étais que terreur. Et qui n'avait rien à voir avec l'effroi qui m'avait porté jusque-là, effroi mental, refus d'un cauchemar où rien de ma propre chair n'était en jeu.

C'était maintenant tout autre chose. La peur véritable. Entière, abjecte. L'ignoble tremblote pour ma chère, ma précieuse, ma pauvre, ma sale petite peau. Si un pou, un seul pou, me touchait, me frôlait !...

Un bond à la mesure de cette panique m'a lancé dehors... J'ai foncé droit devant moi... Plus loin, vite, plus loin, plus loin de ces typhiques... de cette épidémie qui ravageait des convois entiers... On brûlait les cadavres. Pas les wagons... Trop besoin des wagons... Plus loin... plus loin...

Enfin, pour ne pas tomber, je me suis appuyé contre une murette et là j'ai pu reprendre peu à peu quelque contrôle sur mes nerfs. Je me suis dirigé alors vers la gare. Il me fallait parler au colonel russe chargé du secteur ferroviaire.

Parler de quoi ? De n'importe quoi, sauf des typhiques. Mon vrai besoin était de voir, d'entendre un homme simple et courtois, condamné à vivre sans pouvoir rien y faire parmi le chaos, la vénalité, la détresse et les moribonds et qui malgré tout ne parvenait pas à étouffer en lui le sens de la honte et de la pitié.

Mais, avant de pénétrer dans le hall, j'ai oublié ce dessein. Chose extraordinaire, ses portes toujours fermées, bloquées contre le froid, étaient béantes. Et les gisants sur lesquels, d'habitude, il fallait marcher si l'on voulait qu'ils bougent, se bousculaient, se cognaient, se piétinaient pêle-mêle afin de gagner le perron au plus vite.

De l'intérieur venait un tumulte de cris et de plaintes. Quand je suis entré, un vaste rectangle se trouvait comme nettoyé, balayé des misérables qui l'emplissaient jour et nuit. Ceux qui n'avaient pu s'enfuir restaient collés, écrasés contre le mur.

Dans l'espace libre j'ai vu deux hommes : de face, un employé subalterne de la gare et, de dos, un officier cosaque. L'employé tenait ses mains à hauteur de son visage, dans un geste à la fois de prière et de défense, et suppliait :

— Votre Noblesse, Votre Noblesse, je ferais tout

pour le service de Votre Noblesse ; mais nous n'avons pas, je vous le jure, nous...

Il n'a pu achever : la cravache qui pendait au poignet du cosaque – manche court, longue lanière de cuir épais et tranchant – s'est déroulée ainsi qu'un reptile qui attaque, s'est abattue, redressée, rabattue. Trois bruits se sont succédé en une seconde : sifflement du cuir, peau qui se déchire, hurlement fou de l'homme frappé en pleine face. L'employé a porté les mains à ses joues. Le sang a giclé entre les doigts.

– Va porter à ton chef cette signature de l'*ataman*, a dit l'officier.

Tout est devenu clair pour moi ; l'*ataman*, c'était Semenof, le maître de Tchita... Semenof, simple sous-officier aux Cosaques de l'Amour. Parti, il n'y avait pas deux ans, avec sept hommes, pas un de plus, disait-on, faire la chasse aux partisans rouges. Pris toutes les armes qu'il trouvait en route. Rameuté les étudiants en rupture d'université, les forçats en rupture de bagne, les soldats déserteurs, les chercheurs d'or dégoûtés de leurs mines, les trappeurs fatigués de leurs pièges, les vagabonds sans feu ni lieu, ni loi, qui rôdaient à travers les *taïgas* et les *toundras* infinies. Formé, pour le pillage, l'alcool, les filles et le sang, d'abord une *sotnia*, puis une bande, enfin une armée. Proclamé *ataman*. Installé à Tchita. Seigneur de la guerre civile.

Le colonel responsable de la gare est entré à ce moment. Son beau visage mince, épuisé, avait une couleur de cendre. Sa voix tremblait. Pas de crainte. D'indignation. Il a dit :

— Lieutenant, vous n'avez pas le droit. Vous, un officier, vous devriez avoir honte. Vous...

Lui non plus, il n'a pas été en mesure d'achever. La *nagaïka*, le fouet terrible qui, si l'on savait vraiment s'en servir, tuait son homme, s'est levée de nouveau. Le colonel, lui aussi, a porté les mains à son visage déchiré.

— Chien, a dit entre ses dents l'officier cosaque de Semenof, et fils de chienne, que ta mère soit enfilée à en crever, écoute bien : pour cette fois, passe encore. Mais demain, tu fourniras à l'ordonnance que j'enverrai douze douzaines de chandelles. Sinon, je reviendrai et alors...

Il a laissé le propos en suspens, caressé l'étui du gros revolver qu'il avait à la ceinture, et pivoté sur ses talons.

Nous nous sommes trouvés face à face. Il avait environ mon âge, les pommettes hautes, le visage effilé, un menton dur, les lèvres et les yeux d'une pâleur singulière. Et sur tous les traits, une superbe, une insouciance à tout, presque inhumaine.

— Oho ! un visiteur, a-t-il grommelé pour lui même, sans essayer de dissimuler une grimace.

Mais il a vu les ailes au col de mon manteau et du coup a changé d'expression. La grimace est devenue joyeux sourire et il s'est écrié :

— Aha ! un aviateur.

Puis soudain, en français, avec un accent exécrable :

— Comment vous allez, Monsieur ?

J'ai répondu dans sa langue :

— Merci. Mieux que vos victimes.

Le colonel, en cherchant son chemin (il avait les paupières lacérées), regagnait son bureau. L'employé frottait ses joues d'un torchon crasseux. Le cosaque a ri de bon cœur, mais vraiment, franchement, de bon cœur.

— Oh ! ça ! a-t-il dit. Oh ! ça ! Monsieur l'aviateur français qui parlez notre langue, vous en verrez bien d'autres.

Son regard m'a inspecté des pieds à la tête, s'est posé sur le mien et il a repris un peu solennellement :

— Mon nom est Oleg. Je vous invite pour la nuit, chez moi, avec les gars de l'*ataman*.

Ai-je accepté malgré ou à cause de ce qu'avait fait sa *nagaïka ?* Bien savant qui pourrait le dire. Pas moi, en tout cas. Ce qui a emporté mon assentiment – et de ça je suis sûr –, c'est que tout en lui disait le goût, le sens, la nécessité de l'aventure. Mieux : il était l'aventure. Et lui, peut-être, il avait deviné chez l'officier moitié français, moitié russe, fussent-ils moins entiers, moins sauvages, le même besoin, le même appel.

Il m'a pris par le bras et nous nous sommes mis en route. De nouveau – rails, traverses, fondrières. La nuit venait. On trébuchait souvent. Mon compagnon lâchait les jurons les plus orduriers. Avec bonne humeur. Tout allait bien. Un ami étonnant lui était tombé du ciel. Pour une nuit seulement ? Et après ? Une nuit ou l'éternité, quelle différence ? On enseignait bien cela, entre autres, à Omsk. Cours de philosophie. Oui, il avait fait un an à la Faculté. Six mois élève officier. Et puis, bang, tout saute, tout fout le camp. Le Tsar à la casserole. Pour le remplacer, un amiral bavard. Partout rien que pillage, concussion, tuerie. La prime au plus fort, au plus méchant. Vive Semenof ! Voilà un homme ! un *ataman*.

Je lui ai demandé s'il était vrai que Semenof à Tchita détournait le ravitaillement américain, anglais, français.

– Et pourquoi pas ? Nous sommes chez nous, non ?

Sa voix avait changé brusquement et j'ai senti la

nagaïka danser à son poignet. Mais rien d'autre ne s'est passé. Il m'a donné une grande claque sur l'épaule et pressé le pas. Il avait faim, soif plus encore, et l'on approchait du gîte, disait-il.

Moi, je ne distinguais aucun repère dans la nuit noire. Il devait avoir des yeux de chat pour marcher si vite entre des voies ferrées invisibles. Et il m'a retenu juste à temps pour m'éviter de donner du front contre le mur d'une bâtisse qui m'a paru gigantesque.

– On y est, a-t-il dit, c'est le dépôt.

Nous en avons fait le tour et débouché sur un quai de déchargement. Contre ce quai s'alignaient l'une sur l'autre des plaques de lumière qui, au sortir d'une obscurité épaisse et pesante, semblaient suspendues dans la nuit comme un ouvrage de fées.

– Enfin notre train ! a dit mon compagnon.

Car ce n'était qu'un train. Blindé sans doute. Mais rien qu'un train. Et malgré moi, j'ai pensé à l'autre, celui des *tieplouchki.* Tous mes muscles se sont crispés quand j'ai gravi derrière mon guide les marches qui menaient à l'un des wagons.

Alors, alors, la tête, véritablement, m'a tourné. Un vertige. Un vrai vertige. J'ai dû fermer les yeux pour retrouver un semblant d'équilibre, de raison. Car le contraste entre ce que j'avais vu quelques heures plus tôt et ce qui se passait ici avait de quoi rendre fou.

Déjà, en eux-mêmes, les trains du Transsibérien étaient d'une espèce particulière. L'écart entre les rails qui dépassait de beaucoup celui des autres pays faisait les compartiments plus spacieux qu'ailleurs et, pour répondre aux exigences des voyages faits dans un climat terrible, sur une distance et d'une durée sans pareilles, on les avait équipés avec un soin, un confort, comme l'on n'en trouvait nulle part. Mais cela n'était rien.

Je sortais du froid de la nuit, du labyrinthe gelé des rails sur la terre des hommes perdus et je me trouvais d'un seul coup porté à bord d'un vaisseau pirate chargé de ses trésors. Je n'invente point. C'était comme ça.

Wagons-salons, wagons pour les repas privés, wagons munis de lits comme dans les cabines de luxe et qui servaient autrefois aux princes, aux barines, aux hauts dignitaires de la Sainte Russie, les hors-la-loi de Semenof en avaient fait leur gîte, leur antre. Et de quel faste dément ne les avaient-ils pas habillés.

Tapis de Perse, brocarts de Chine, soieries de Boukhara et de Samarcande, dépouilles des ours et des tigres de la *taïga*, icônes superbes, armes précieuses, tout ça, accroché, jeté pêle-mêle, en vrac, au hasard. Prises de guerre, rapines, pillages de grandes villes florissantes, sac des demeures opulentes, des entrepôts de marchands millionnaires, des trains surpris en gare ou saisis en route.

Et au milieu des trophées somptueux, les officiers cosaques avec leurs trognes, gueules, mufles sauvages, leurs énormes bonnets de martre, castor, vison ou zibeline, leurs longues et noires tuniques serrées à la taille, bardées sur la poitrine de cartouchières étincelantes et portant à la ceinture des poignards damasquinés.

Ils étaient une vingtaine, les uns vautrés sur des fourrures, les autres à table, autour d'un broc en argent niellé à moitié plein de vodka. Les regards ont glissé le long de mon uniforme, de biais, en dessous. Méfiance, hargne, dédain. On n'aimait guère les fouineurs étrangers chez les gens de Semenof. Ils avaient certainement laissé de mauvais souvenirs.

– Mon invité, a dit Oleg.

Sans changer d'expression, les officiers étendus se sont légèrement redressés et ceux de la table se sont levés à demi. Tous ont effleuré d'un doigt leurs bonnets de fourrure. La loi de l'hospitalité avait joué. A froid. Mais avait joué tout de même. Je n'étais pas venu en service commandé pour une plainte, une récrimination ou une menace.

— Il parle russe, a dit Oleg.

Ça n'a pas eu grand effet.

— C'est un *liotchik,* a dit Oleg en montrant mes insignes.

Liotchik, celui qui vole. *Liotchik,* le mot a fait le tour de la pièce. *Liotchik.* On m'a entouré. On a touché mes ailes. Combien parmi ces hommes avaient-ils vu de près — ou même dans le ciel — un avion ? Pas un seul, peut-être.

— On boit, a dit Oleg.

Les verres avaient la capacité de ceux qui, partout ailleurs sinon en Russie, sont employés pour le vin. On les a remplis de vodka jusqu'au bord. Le premier toast — à boire d'un trait comme tous ceux qui ont suivi — était pour Semenof. Le deuxième, pour le train blindé. Le troisième, pour le *liotchik.*

— Un instant, a dit Oleg comme je me préparais à la libation. Un instant. Vous et moi, nous buvons à se dire tu.

Il a entouré mon cou du bras qui tenait son verre, j'ai fait de même pour le sien, nous avons entrecroisé nos poignets et, nos têtes se touchant, nous avons avalé la vodka sans reprendre haleine. Oleg a cassé son verre contre la table. J'ai demandé :

— Pourquoi ?

– Pour que personne, jamais, ne puisse y boire après nous.

Cela m'a semblé très beau. De plein jet, de plein cœur, j'ai fait voler le cristal en miettes.

– Un vrai sacré *liotchik*, ont crié mes voisins de table.

J'étais des leurs. La fête a commencé. Quel repas ! Les ordonnances à têtes de forbans, mais d'une tenue exemplaire et des « Votre Noblesse » plein la bouche, déposaient sans cesse devant nous, sur des assiettes en vermeil, poissons fumés et caviar, pâtés aux choux, au saumon, à la viande. Et les vins ruisselaient, de toute origine : Caucase, Tokay, Rhénanie, Champagne. J'ai demandé à Oleg d'où sortaient ces bouteilles. Il s'est tourné vers le quai.

– De là... de l'entrepôt à vins. L'*ataman* a été prévenu d'une arrivée. Par des gens à nous dans la douane. L'*ataman* nous a envoyés prendre livraison. Avec des mitrailleuses. A tout hasard.

Il a eu un beau rire, m'a versé du vin doré chargé d'étincelles qui venait de Reims ou d'Epernay et s'est écrié :

– A la tienne, *liotchik* de mon cœur, tu le mérites bien. La bouteille était pour vous, peut-être.

La fête a continué. Quelqu'un jouait de l'accordéon. Personne ne l'écoutait. On buvait, on criait, on jurait. Ça lui était égal. Il jouait pour lui seul. J'aurais dû être ivre. Je n'avais pas encore l'habitude, l'entraînement à l'alcool que j'ai acquis par la suite. Mais de temps à autre, il me semblait pour un instant que là-bas, sur la voie de garage, et dans sa *tieplouchka*, la moribonde aux poux entendait notre débauche. La boisson perdait toute emprise. Les heures passaient. Les relents des sauces et des épices, la fumée du tabac, les effluves des vins devenaient entêtants. Les mains grasses, les lourdes bottes, les poignards dénudés souillaient, piétinaient, lacéraient les tapis et les brocarts précieux. Et l'on buvait toujours et montait le tumulte.

Quel instinct les a prévenus ? Il ne devait jamais les abandonner, je pense. Soudain, plus un bruit, ni de vaisselle, ni d'accordéon, ni de paroles. Et tous, dans un seul mouvement, dressés par un ressort intérieur, droits et rigides comme des lances, menton haut, talons joints, bras collés au corps.

Un homme était sur le seuil, si large que le torse emplissait l'embrasure de la porte et si grand qu'il lui a fallu courber la nuque pour passer. Vingt voix se sont fondues en un seul cri.

— Soyez en bonne santé, Votre Haute Excellence.

L'homme n'a répondu ni d'un mot, ni d'un geste. Il est entré, s'est laissé tomber sur le premier fauteuil venu en grommelant :

— Ça va comme ça.

Il avait mis fin aux formalités. Les choses ont repris le cours qu'elles avaient avant qu'il n'arrive. Oleg m'a dit à l'oreille :

— Le colonel Maïrouz. Un ancien forçat. Il commande le train blindé. L'un des as de l'*ataman*. Ne connaît ni peur ni pitié. Viens, je te présente.

C'est seulement après que j'ai vraiment vu le visage cireux, boursouflé, avec une barbe carrée grise, dure, emmêlée comme un paquet de ronces, et des yeux opaques, striés de sang et de bile. Au premier instant, il n'y a eu pour moi que le nez, le nez sans forme, parce qu'il n'avait plus de narines. Deux cicatrices livides dessinaient la ligne suivant laquelle avait été arrachée la chair et découvert le cartilage.

Ça ne pouvait être que le travail de la syphilis ou d'une lame ébréchée de couteau, de rasoir. Et pourtant, malgré moi, je pensais aux tenailles des bourreaux qui, autrefois, dans les bagnes russes, marquaient de la sorte les forçats dangereux.

Le commandant du train a caressé d'un pouce très long, très épais, le bord des cicatrices mais n'a pas fait de remarque.

— Assieds-toi en face et fais servir ce qui te plaira ! m'a-t-il ordonné.

Il avait un accent sibérien rugueux et la peine à parler des grands asthmatiques. On lui a porté un hanap ouvragé qu'il a rempli moitié vodka et moitié champagne. Il a bu le mélange lentement, respirant fort après chaque gorgée, a défait le col de sa vareuse, s'est renversé dans son fauteuil et a grogné :

— Un Français et encore un *liotchik*. On trouve de tout à Vladivostok. Et comment tu es arrivé jusque chez nous ?

J'ai dit que j'avais eu Oleg pour guide et que seul je ne saurais pas retrouver le chemin.

— Le chemin... ah, ah, le chemin.

Le colonel avait fermé les yeux. Mais pas pour un somme. Une sorte de craquement s'est échappé de sa gorge qui d'après le mouvement de ses lèvres était un rire.

— Ah ! Ah ! le chemin.

Et il a raconté comment, lui, il avait su jalonner celui qui menait à l'*ataman*. C'était l'an passé, en plein hiver, dans une région célèbre par ses froids. Semenof, alors, n'avait pas les moyens en hommes et en armes de tenir une ville de quelque importance. Il changeait souvent de quartier. Les gens qui le voulaient pour patron ne le trouvaient pas sans peine. Alors le colonel avait eu une idée, une bonne idée. Il choisissait un village suspect. Des Rouges ? Non... Ni Rouges, ni Blancs. Simplement des moujiks avares qui tenaient trop à leurs porcs, à leurs vaches, à leurs édredons. Il les faisait attacher nus à des pieux, un bras tendu, jusqu'à ce qu'ils gèlent. À moins cinquante ou soixante degrés il ne fallait pas longtemps. Après quoi, on s'en allait avec le butin. Les bras des cadavres montraient la direction du campement de Semenof. S'il en changeait, il y avait toujours d'autres villages pour fournir les poteaux indicateurs.

Le colonel a relevé les paupières, a caressé d'un pouce énorme ses épaulettes plus larges, plus longues et plus dorées que ne le voulaient les règlements. L'*ataman* les lui avait données comme récompense.

– Le bon temps, Votre Haute Noblesse, a dit Oleg.

Les autres ont fait écho.

– Le bon temps, a dit le colonel.

Dans ses yeux fixés sur moi, les filets de sang, de fiel s'étaient mis à bouger, à danser. Maintenant Semenof avait quartier général à Tchita. Grande ville empoisonnée par les missions étrangères. On devait y faire bonne figure. Se refréner. Etre sages. Je représentais tout cela.

— Que vos mères soient enfilées par des porcs ! a juré le colonel en détachant chaque syllabe, et il a quitté la pièce.

— Ce n'est rien, dit Oleg. On va le revoir bientôt. Il ne peut pas dormir. Il étouffe. Il a fait quinze années de mines de sel avant de s'évader, tu comprends.

Le colonel est revenu. Avec une guitare. Il a regagné sa place, accordé l'instrument, s'est mis à chanter. Autour de lui — silence entier, sans un pli, sans une ride, étale. Oh, pas question de discipline, de déférence, de complaisance. On ne pouvait faire, dire, penser quoi que ce fût. Il fallait écouter. On ne pouvait qu'écouter.

La voix n'y était pour rien. Juste, sans plus. C'était le sens, l'instinct qu'elle avait de la mélodie. Elle y était si humblement fidèle, elle s'en imprégnait, s'y mariait au point que la voix de l'homme et celle de l'instrument ne faisaient qu'un seul et même langage dont il était impossible de séparer les sources. Et aussi les mots. Les mots qui semblent être venus d'eux-mêmes aux forçats sibériens. Naïfs, larges, puissants, éternels.

Comme l'espace, le gel, les arbres, les fleuves de leurs enfers.

L'ancien bagnard couchait presque son visage sans narines sur le bois de la guitare pour lui demander qu'elle offre et libère les mots, les mots simples et nécessaires. Il le faisait avec une foi qui rendait à chaque parole la force nue de ses origines.

Chants pour tout et toujours. Pour les larmes et l'orgie. La plainte et la révolte. Les chaînes et l'évasion. Des milliers d'hommes les avaient répétés siècle après siècle, au fond de mines de sel et d'or. Et lui-même, le colonel de Semenof, le maître du train blindé, les avait mille fois repris. Et sur cette même guitare primitive, usée, ravaudée, recollée, — seul objet, ici, ingénu.

Comme il devait l'aimer, elle, son unique recours, son salut. Quelle patience, quelle tendresse pour habituer, apprivoiser les sept cordes à ses mains d'étrangleur. Mais le temps ni l'effort ne comptaient.

Il ne pouvait avoir d'autre compagnie, — il détestait le genre humain. Pas d'autre échange, — il ne savait pas parler. Il aimait le pouvoir, et, plus que ses poings sur les plus épais, endurcis, inaccessibles, la guitare le lui donnait.

Maintenant au lieu des forçats, — ses cosaques.

Au sein des pillages, débauches et massacres, ils étaient moins à lui que lorsqu'il chantait. Et lui, qu'ils l'écoutent, il ne pouvait pas s'en passer. Il ne lui restait rien d'autre. Au bagne, c'était la seule liberté, ou son ombre, son rêve. Il l'avait maintenant entière, effrénée. Et il ne savait qu'en faire. Alors, de nouveau, toujours, les chansons d'autrefois. Le temps n'avait ni limite, ni sens.

Soudain, alors que s'étirait un chant sourd et lent du Baïkal, un cri désordonné, strident, l'a rompu : une corde cassée sur le ventre de la guitare.

– Tu n'en peux plus, petite... Bon... Fini pour cette fois, a dit le colonel en se redressant.

Je lui faisais face. J'ai été le premier qu'il a vu. Il a plissé les paupières. Il venait de vivre avec ses compagnons de chaîne. Il n'a pas su un instant qui j'étais. Et puis il a vu sur mes traits l'empire de ses chansons. Il a hoché son énorme tête. Même moi, j'avais été des siens. J'avais été à lui. Quelque chose comme un peu d'amitié a paru dans ses yeux entre les stries de sang et de fiel.

Autour de nous, d'un seul coup, s'est déchaînée une sorte de bourrasque – tables ébranlées – coups de poing – jurons – menaces. Les officiers voulaient boire. Beaucoup. Tout de suite. Noyer les chansons.

– Fous le camp, petit *liotchik*, m'a dit avec une grande douceur l'homme sans narines. N'attends pas. Ça vaut mieux.

Il a ordonné à deux cosaques de m'accompagner. Pour le chemin... et en cas de mauvaise rencontre. Tous les Semenof n'étaient pas encore rentrés.

Le froid m'a dessaoulé. Des boissons. Des chansons. Du désir déchirant, poignant qu'elles avaient fait lever, dans mon tréfonds le plus trouble, de suivre le colonel sans narines et ses compagnons sans frein au cœur de leur aventure. J'avais été jusqu'à vouloir que hurle tout à coup la locomotive et roule et gronde le train blindé. A présent, cinglé par une bise imprégnée de glace, je voyais tout à l'envers. Grande aventure, ça ? Cette ronde infernale sur elle-même bouclée. Plus close que le bagne. Dépouillée même de l'espoir d'évasion. Ces travaux forcés de rapine, orgie, carnage. Ce pouvoir de tout faire pour ne faire rien... Peut-être les deux forbans à cartouchières qui me servaient de guides ne le sentaient pas. Mais chacun des hommes que je venais de quitter savait obscurément qu'il courait moins après la mort des autres qu'après la sienne.

Nous avons atteint la gare comme se levait le jour tardif des hivers sibériens. Je n'avais pas le temps d'aller me changer, me laver. Milan devait m'attendre depuis une bonne demi-heure au rendez-vous fixé la veille. C'était important. Il avait à me familiariser avec une nouvelle tâche. Elle complétait ma mission.

Son premier objet avait été de trouver le transport. Par Milan j'avais appris à le faire. Déjà une « indemnité » versée au chef d'un train de marchandises nous avait assurés d'un wagon. Il s'agissait maintenant pour moi d'apprendre à le charger.

Milan m'a accueilli, salué comme d'habitude, à la fois en camarade et en subordonné. Rien chez lui, pas même les yeux, ne faisait allusion à mon retard ou à l'état de ma figure. Il portait en bandoulière la sacoche qui contenait l'argent pour nos trafics.

On s'est mis en route vers un entrepôt assez éloigné : deux ou trois kilomètres. Neige, rails, traverses. Rails, traverses, neige. Chemin faisant, le sergent tchèque m'a expliqué la manœuvre. Plusieurs fois. C'était simple, concis. Après ma nuit j'en avais besoin. D'abord le gardien : une indemnité légère ; puis le magasinier : nettement plus élevée ; enfin le surveillant-chef : la forte somme.

— Sans quoi ? ai-je demandé.

— Sans quoi, a dit Milan, on attendra des mois et des mois la marchandise. Revendue ? Non. Trop de risques. Simplement introuvable, égarée.

Un peu avant l'entrepôt, Milan a tiré de la sacoche-coffre-fort trois enveloppes. Chacune était marquée d'un chiffre qui était celui des pots-de-vin. Je devais les remettre moi-même. Sinon rien à faire. J'étais l'officier, l'officiel, le Français, le garant de l'impunité.

Tout s'est très bien passé, très vite. Vieille routine.

— Maintenant, a dit Milan, le vrai travail commence.

Nous avons traversé l'entrepôt. A l'autre bout, dans un coin, on avait entassé les caisses et les sacs qu'attendait à Omsk avec tant d'impatience la mission française. Vérification. Pointage. En ordre. Une lourde porte s'est alors ouverte et je me suis trouvé en face des Chinois.

Un grouillement, un bouillonnement de Chinois, en haillons, la tête et les pieds emmaillotés de guenilles. Combien étaient-ils ? Impossible de compter. Mais plus de cent à coup sûr. Ils glapissaient, hurlaient, gémissaient, se battaient, se déchiraient, comme autant de chiens affolés, enragés par la faim. Ceux qui arrivaient jusqu'à moi étaient aussitôt happés, traînés, rejetés en arrière.

Devant cet assaut de forcenés, ces bouches et ces mains tendues, crispées, tordues, j'étais sur le point de chercher refuge dans l'entrepôt quand trois hommes ont fendu la meute misérable et se sont retournés contre elle. Trois Chinois, grands, larges, vêtus, eux, solidement, chaudement et armés de gourdins. Ils s'en sont servis comme de fléaux sur les bras, les épaules, les crânes. En quelques instants, ils ont fait place nette. Et dans l'espace libre, à pas lents et dignes, un autre Chinois s'est avancé.

Il portait une longue robe à col montant, faite de sombre et forte soie, matelassée de coton. Du bonnet de fourrure à oreillettes s'échappait une tresse luisante qui lui tombait jusqu'aux reins. La face ronde et plate était nourrie de graisse drue et dure. Les mains bien au chaud dans les emmanchures de la robe, il s'est planté devant la foule soudain silencieuse et nuques basses. Avant même qu'il eût desserré les dents, les forcenés ont battu en retraite.

Une autre troupe de Chinois a pris leur place. Aussi déguenillés, décharnés que les autres, mais sages, muets, dressés à marcher en rangs, trois par trois.

— Ils sont soixante, a dit Milan. Ils appartiennent à Fang, le gros tout en soie. Il les embauche pour l'année, à un forfait très bas, et les revend à la pièce, cher. On est obligé de passer par ces marchands de coolies. Ils savent choisir les mieux portants, les plus adroits, les moins hébétés par la faim et la fatigue. Autrement, c'est le désordre, le temps gâché, les charges qui tombent, s'éventrent, les reins défoncés, les clavicules rompues, et les orteils en miettes. Ceux-là, regardez-les donc.

Les coolies s'étaient déjà formés en chaîne. Caisses, ballots et sacs passaient de bras en bras. Lorsque tous ont eu reçu leur lot, ils se sont couvert le front d'une bande de cuir. Elle était des deux côtés percée d'une ouverture par où passaient des cordes tressées de fil de fer. Les cordes, au niveau des reins, tenaient une sorte de nacelle en toile brute de l'épaisseur d'un pouce et d'une résistance à toute épreuve.

À mesure que les charges étaient déposées dans le creux, les coolies s'ébranlaient un à un, pliés en deux, la tête tendue à l'extrême pour compenser le poids qui la tirait en arrière. Puis ils passaient à un trot menu, saccadé, mécanique, et devenaient d'un coup bêtes de somme.

La noria était en marche — celle des temps de Nabuchodonosor, des Pharaons, de la Grande Muraille de Chine. Mais sous le ciel de Vladivostok, sur le verglas des voies ferrées, tandis que les locomotives laissaient échapper leurs vapeurs stridentes.

Cela a duré la journée entière. De l'entrepôt à notre wagon, il y avait plus d'un kilomètre. Le terrain était plein d'embûches. Chaque fardeau, — écrasant. Aller : en charge, petit trot. Retour : à vide, accéléré. Milan, Fang et moi, nous attendions les coolies devant le wagon de marchandises. On voyait accourir de loin cette file de bossus automates. C'était seulement lorsqu'ils s'étaient défaits de leurs fardeaux et assis sur leurs talons pour retrouver leur souffle, qu'ils reprenaient face humaine.

Mais quelle face ! Emaciée jusqu'à l'os, les lèvres blanches, les yeux morts enfoncés loin, loin, dans les orbites de squelette. Et la sueur, malgré le froid, enduisait leurs joues sans chair, les cous dénudés et les plaques de peau que découvraient largement leurs haillons. Et ils restaient ainsi bouche béante, béate sous la morve gelée, tandis que Fang (il parlait un peu le russe et savait écrire les chiffres) pointait sur une liste les charges reçues. Je vérifiais ensuite et signais.

Pour mince qu'il fût, le travail exigeait ma présence. Je suis resté là, comme venait la nuit, jusqu'à la dernière livraison. Il y avait encore la paie. Cette corvée, Milan m'en avait parlé à l'avance. Je m'étais révolté. Pourquoi moi ? Et pas Fang ? C'est que Fang, m'a expliqué Milan, ne voulait rien savoir. L'argent devait venir de mes mains. Sans quoi on pourrait penser que lui, Fang, le moins intéressé des hommes, prélevait une dîme sur les pauvres porteurs.

J'ai été surpris : Quoi ? Fang ! tant de scrupules ? Milan s'est mis à rire.

– Scrupules, lui ! Tout ça n'est que mise en scène, frime, truquage. Dès que nous aurons tourné le dos, il va reprendre aux coolies jusqu'au dernier kopeck et toucher ensuite en toute innocence son salaire officiel, raisonnable, honnête. Il sait que nous savons. Et après ? Seule compte la face.

Et j'ai dû, coolie après coolie, puiser, puiser dans la sacoche que tenait Milan, et jeter, jeter les coupures poisseuses, flétries, usées jusqu'à la transparence et les piécettes aux signes effacés, dans les paumes gonflées de crasse et de pus. Et le wagon n'était rempli qu'au dixième de sa capacité.

En regagnant notre cantonnement, je ne portais qu'un désir : le sommeil. Je me suis abattu sur mon lit tel que j'étais – avec tout ce qu'avaient pu laisser sur moi, en moi, la nuit des Semenof et la journée des coolies. Dormir. Rien d'autre. Dormir.

Je n'en ai pas été capable. La fatigue... le colonel sans narines... Les chansons – la fatigue – les hommes bêtes de somme... Les poux des typhiques... La fatigue... Les chansons... J'ai lutté une heure – deux heures. Inutile. J'ai sauté du lit. Je n'en pouvais plus.

Je savais où aller.

« AIME-MOI NOIRE »

L'*Aquarium* était une boîte de nuit, *la* boîte de nuit de Vladivostok.

Bien sûr, on trouvait beaucoup d'endroits où boire, tant que duraient les buveurs. Bouges du port, assommoirs du côté des bordels, tavernes malsaines et tristes à l'usage des insomniaques sans grands moyens. Pourtant il n'existait qu'un seul vrai et fameux établissement nocturne : l'*Aquarium*.

On m'en avait naturellement parlé. Tous les officiers étrangers le connaissaient. Mais il y avait eu les expéditions avec Milan et leurs fatigues. Et surtout ces responsabilités matérielles, difficiles, peu communes, auxquelles je voulais réserver mon attention, ma lucidité entières. L'*Aquarium*, jusque-là, je n'y pensais pas. Or, cette nuit, tout a basculé.

Souci pour ma santé, sentiment du devoir, au

trou le plus noir ! par-dessus bord ! Les deux trains funestes et les intolérables coolies. Des lumières, du bruit, de l'alcool, de la musique – voilà le salut...

J'ai employé dix brocs d'eau pour mon tub, je me suis frotté, rasé jusqu'au sang, j'ai mis mon meilleur linge, mon uniforme le plus « fantaisie » (l'aviation y donnait droit), mes bottes aux plus beaux lacets.

Il m'a fallu tout de même attendre : l'*Aquarium* n'ouvrait pas avant minuit. Enfin, voici l'heure.

Froid intense, traîneau muni de peaux d'ours, cocher obèse et barbu, la *Svetlanskaïa*, la grand-rue qui traversait toute la ville. Au milieu de son parcours, l'*Aquarium*.

À peine entré, j'ai vu tous mes vœux exaucés, dépassés. J'étais ébloui, assourdi, stupéfait par l'éclairage, le tumulte, les dimensions du lieu et la foule qui le peuplait.

Une vraie scène. Un parterre aussi vaste que ceux des grands théâtres et couvert de tables. Au-dessus, en retrait, une galerie de loges larges et profondes. Tout cela bâti, décoré au goût du dernier siècle : haut plafond arrondi, sur lequel s'ébattaient des nymphes et des satyres ; lustres énormes, chargés de larmes de cristal, – débauche de dorures, ferronneries, bois sculptés.

Il fallait avoir beaucoup d'argent et s'en soucier peu pour fréquenter ici. Mais avant la guerre et jusqu'à la Révolution, le port regorgeait de bâtiments de commerce anglais, japonais, américains, vieux habitués des mers de Chine. Il y avait les gros négociants en blé, beurre, bois, bétail, fourrures, les possesseurs de mines, les chercheurs d'or, les trappeurs qui, frappés d'un coup de chance, payaient en pépites ou en peaux de zibeline. Il y avait les marchés, les foires, les fêtes carillonnées ou non.

Quels étaient aujourd'hui les gens serrés, collés les uns aux autres contre les tables ou le long de passages étroits ? De là où je me trouvais, dans la fumée et sous le scintillement mobile des lustres, il était impossible de distinguer les traits, les comportements. Tout ce que je savais, c'est qu'il y avait là seulement des hommes et beaucoup d'uniformes.

Je me suis senti très sobre et très seul. Ça n'a pas duré longtemps. Une gentille tape dans le dos m'a fait tourner la tête. J'ai vu un officier anglais – épaulettes de major, la quarantaine, petit, rond, blond, les joues d'un rose pourpré – qui venait d'arriver et à qui je barrais le passage.

Il m'a contemplé de bas en haut comme un bon

chien et m'a dit en un français peu sûr et d'accent très doux :

— Nouveau, n'est-ce pas ? Et... et un peu, je pense, je m'excuse... perdu. Permettez vous offrir le premier verre. Mon nom est Robinson.

Il a passé son bras gauche sous mon bras droit et je me suis retrouvé dans une loge occupée déjà par une dizaine de buveurs militaires et civils.

— Tous des amis, a déclaré le major Robinson avec force, et vous ami des amis et ils sont vos amis.

Un serveur est entré. Robinson a commandé du champagne. En anglais. C'était un mot que l'on comprenait dans toutes les langues, à l'*Aquarium*.

Cette nuit, le vin a eu de l'amitié pour moi. Il ne menait pas à la violence, à la tristesse, à l'abêtissement. Pas davantage à la gaieté des ivrognes. Il détendait les nerfs, brouillait des images que je ne pouvais plus supporter, retirait du corps la fatigue. Je me sentais bien sans plus. Et c'était admirable.

Dans notre loge, on parlait, on riait très fort. Cela ne m'intéressait pas, ne me regardait pas. Je me sentais bien — voilà tout. Violons... guitares — balalaïkas. Les gens hurlaient en chœur, frappaient des mains en cadence. Très bien.

Les mélodies populaires russes qui, à l'ordinaire, poussaient jusqu'au délire mes instincts les plus bruts, me touchaient à peine. Vaisselle brisée, bagarre... C'était en bas, loin, loin... Et les gens avaient le droit de s'amuser selon leurs goûts.

Dans la loge de droite, un officier américain faisait jouer *Stars and Stripes* à l'accordéon. Dans celle de gauche, un Canadien, taillé en buffle, déchargeait son revolver dans le plafond. Bien, très bien. Chacun prenait son plaisir où il le trouvait. Mes compagnons me pressaient vers le bord de notre loge, montraient la scène...

Pourquoi ? Ah oui ! Sur les planches, le major Robinson, le doux, le rose et si digne major Robinson dansait la gigue. L'une des danses les plus emportées, les plus fougueuses qui soient au monde. Avec pour seul vêtement un kilt écossais coupé au-dessous des genoux et sous lequel il n'y avait rien que lui-même.

– Tous les soirs il fait ça, tous les soirs, m'ont expliqué mes compagnons. Quand il est bien à point. Pour montrer qu'il est un Écossais, un vrai, malgré son nom qui ne l'est pas.

– Il a bien raison, ai-je dit.

Tout le monde ici avait raison. Chacun savait ce qu'il avait à faire et le faisait sans entrave ni gêne. Il n'y avait que des amis. Je buvais juste assez pour entretenir cet état de grâce. Qui durait, durait...

Comment, pourquoi a joué le déclic intérieur par lequel, en escadrille, j'était averti qu'il était temps de me lever pour une mission du matin ? Je n'ai pas eu besoin de regarder ma montre. Le chargement. La liste à pointer. Fang et ses coolies. Je suis allé à l'entrepôt.

Dès lors, je n'ai pas manqué une nuit de l'*Aquarium*. Pour le faire, je n'avais pas à m'interroger, à prendre une décision. C'était comme ça. Écrit de tout temps.

La veille, au cabaret, démoli par la fatigue et sous le choc d'expériences écrasantes, la violence, l'orgie, la révolte contre tout bon sens, raison, mesure, qui s'y donnaient libre cours, n'avaient pu m'atteindre. Mais elles répondaient à des instincts tout-puissants qui, eux, n'avaient pas oublié.

Le lendemain même, à peine franchi le seuil, j'étais à leur merci. Les boîtes de nuit, en France, je n'y étais jamais entré. Trop jeune, la guerre, pas d'argent. Il m'avait fallu San Francisco pour en connaître. Et combien ! Beaucoup trop. Comme en survol, en rêve. L'anglais baragouiné, les danses nouvelles, le jazz inconnu, le rôle de héros à tenir, — rien n'était vraiment vrai.

Tandis que l'*Aquarium* !

Portiers, chasseurs, serveurs, maîtres d'hôtel, musiciens, artistes, toute la maison parlait une langue qui était la mienne, maternelle. J'étais des leurs.

Et ces officiers venus des quatre coins du monde, mêlés, brassés par des jeux mortels, — j'étais des leurs aussi.

Et cette musique dont chaque vibration retentissait au fond des entrailles, et ces paroles dont je comprenais chaque syllabe, ces chants de joie sauvage et désespérée, délirante, déchirante, ils étaient à moi depuis toujours.

Vladivostok 1919. L'appel de la forêt.

L'*Aquarium*. Ma première boîte de nuit russe.

La routine est venue tout de suite et toute seule, par la force des choses : au petit matin et jusqu'à la nuit tombante, les coolies de Fang ; puis notre cantonnement : deux-trois heures de sommeil ; enfin l'*Aquarium,* et de l'*Aquarium* ligne droite vers Fang et les coolies.

Comment ai-je pu tenir le coup des semaines à ce régime ? Je me le demande encore. D'autant plus que je ne pouvais plus dérober fût-ce une demi-heure à mon métier de surveillant, pointeur, payeur.

Milan, m'ayant mis au courant, m'avait quitté pour d'autres tâches. Et tout le long du jour, avec mon képi, mes bottes et mes ailes, sacoche aux millions en bandoulière, je cheminais d'un entrepôt à l'autre, de wagon en wagon, à travers l'interminable zone rayée de rails, sous un ciel désespéré, traînant à ma suite soixante bêtes de somme à faces chinoises, nues à moitié et couvertes de crasse, de morve et de sanie.

Souvent, il faut l'avouer, je n'en pouvais plus. Alors je me disais : « Tiens bon... tiens bon. Encore quelques heures — et tu auras l'*Aquarium.* »

A cette pensée, je reprenais courage. Une vraie drogue. Et comme toute drogue, chaque jour plus insidieuse, plus impérieuse et qui exigeait une dose accrue. Je ne mesurais plus la boisson, je ne contrôlais pas mes sautes d'humeur. Tantôt ami, tantôt ennemi de tout le monde. Embrassades. Querelles. Gaieté absurde, folle. Goût de la mort.

Et le capitaine canadien mitraillait le plafond juste au-dessus de sa tête, parce qu'il voulait à tout prix une douche de plâtre. Et le major Robinson dansait sa gigue obscène. Et des Russes pleuraient, déchiraient des billets de banque. Et moi, j'aimais de plus en plus fracasser coupes et bouteilles pour le bruit merveilleux du verre qui vole en miettes.

Une fois, j'ai deviné Bob en compagnie d'une femme délicate, fragile, aux longues boucles pâles. Ils étaient seuls au fond d'une loge et se tenaient la main. Je me suis souvenu de ce qu'on disait à l'escadrille de ses amours. Il s'était pris d'une passion éperdue, romantique pour la femme ou la maîtresse – on ne savait pas très bien – d'un officier ou d'un fonctionnaire de haut rang qui se déplaçait beaucoup.

Je suis monté dans leur loge avec du champagne et j'ai rempli trois coupes, levé, bu et brisé la mienne. Ni elle, ni lui n'ont touché aux leurs. Bob ne m'a pas tendu la main. J'étais un fâcheux, un goujat ivre. Il a fallu que je fasse appel à l'exploit de Bob, à nos virées de Californie pour ne pas rompre la bouteille sur sa tête.

J'ai voulu que ma sortie soit dignité et sarcasme : je me suis mis au garde-à-vous, ai salué comme à la parade, dit : « Mes respects, mon lieutenant », exécuté le demi-tour réglementaire et rejoint avec fureur la bacchanale.

Que de nuits étonnantes ai-je passées, par la suite, au temps de la grande émigration blanche, dans les bars, bistrots, clubs, caveaux et cabarets russes qui pullulaient alors de Montmartre à Montparnasse, avec les chœurs tziganes les plus illustres de Saint-Pétersbourg et de Moscou, avec des amiraux-portiers, des princes-cuisiniers, des princesses-dames du vestiaire. Oui. Que de nuits... Mais aucune comme celles de l'*Aquarium*.

Pour les centaines d'officiers étrangers, jeunes,

en pleine force, séparés par des milliers de kilomètres de tout ce qui leur était familier et cher, condamnés à des tâches idiotes et vaines, dans une ville sinistre, payés à double et triple solde, sans savoir quoi faire de leur argent, l'oubli, l'évasion, où pouvaient-ils les trouver, sinon là ?

Et les Russes, tant pis pour le lieu commun, car je ne saurais mieux dire, – ils dansaient sur un volcan. C'étaient les dernières orgies avant la fin de leur monde. Millionnaires sibériens du négoce, spéculateurs du marché noir, généraux, colonels, hauts fonctionnaires à pots-de-vin énormes, réfugiés qui avaient monnayé les pierres précieuses et les bijoux sauvés de la débâcle – ils sentaient, même ceux qui refusaient de le reconnaître, ils sentaient tous approcher le terme fatidique. Déjà, les partisans rouges s'infiltraient dans le port, attaquaient les faubourgs.

Alors, à flots, vodka, vins du Caucase, whisky, champagne.

A voix saoules : *Marseillaise, Bojé Tsaria Khrani, Stars and Stripes, God save the king.*

Et encore, et encore – nom de Dieu, *tchort vozmi, damn it* – à boire, vite, à boire, à boire.

Soudain, une accalmie. On savait pourquoi. Une artiste était entrée en scène. Une artiste de l'*Aquarium* évidemment. Qui montait sur les planches uniquement pour faire valoir, comme à un étal, ses appas.

De ces filles, on en voit, aux feux de la nuit, en tous lieux de par le vaste monde. Mais où et comment une seule d'entre elles aurait-elle pu connaître le triomphe, la gloire des fausses chanteuses, des fausses danseuses que le vent fou de la panique avait poussées tout le long du Transsibérien et qui, avant d'échouer à Vladivostok, avaient eu pour étapes des beuglants, des auberges de passe et des maisons closes ?

Où pouvait-on, ailleurs que dans cette trappe infernale située au bout du plus vaste des continents, trouver pareille meute d'hommes jeunes, vigoureux, ardents, désœuvrés, déboussolés, bourrés d'un argent sans emploi ? Et un gibier si rare ?...

Il n'était pas possible aux officiers des missions étrangères dans Vladivostok d'approcher les femmes dites honnêtes. Celles de la bonne société vivaient en vase clos. On ne se voyait qu'entre gens « bien ». Quant au menu peuple, les mœurs et la langue empêchaient la moindre approche. Et une interdiction majeure fermait, à toutes, les portes de l'*Aquarium*. Pour les unes (sauf une nuit, par hasard, clandestinement au fond d'une loge, comme l'avait osé la maîtresse de Bob), c'était le qu'en-dira-t-on. Pour les autres, une dépense telle que l'on n'y pouvait même songer.

Certes, l'*Aquarium* n'était pas la seule boîte de nuit, à Vladivostok, qui eût des entraîneuses. Mais ses tenanciers avaient seuls les moyens de prélever et garder le meilleur du troupeau. Si bien que là, pour une fille, une seule fille, il y avait trente, quarante, cinquante garçons.

Tout en était faussé. Le désir le plus normal, le plus sain prenait la force de l'idée fixe, de la passion, de l'obsession avides, morbides. Le nu des gorges et des bras, le fard des lèvres, le tremblement des rires disaient, criaient : sexe, sexe, sexe. Et cette convoitise portée au paroxysme, il était interdit de se laisser emporter par elle.

Il fallait maîtriser en soi le sauvage, la brute, l'animal. Sans quoi, adieu tout espoir et au profit d'un autre. Chacun avait les moyens – et au-delà – de payer. L'argent, dans ce domaine, n'avait plus de valeur, plus de sens. Il ne s'agissait pas, comme ailleurs en des lieux semblables, d'acheter, emporter, s'assouvir. On devait plaire.

Je ne voudrais pas forcer les mots. Mais je crois vraiment qu'une princesse à sa cour n'a pas dû connaître de ses chevaliers servants plus d'attentions, prévenances, hommages, servilité que ces femmes qui sortaient des bas-fonds et en gardaient les marques.

Filles de moujiks affamés, ouvrières et couturières à salaires de famine, bonniches traitées en esclaves, veuves des soldats prisonniers ou morts qui se comptaient par millions, elles avaient suivi la filière. Minables auberges louches, cafés-chantants de dernier ordre. Maisons de putains.

Le flot de la débâcle les avait arrachées aux villes et bourgs de leurs vies et les avait roulées jusqu'à l'océan, d'étape en étape : auberges de passe, beuglants, bordels.

Étaient-elles belles au moins ? A leur manière !

Les temps n'étaient pas mûrs encore pour que des émigrées russes, riches à leur naissance, jeunes, soignées, cultivées, raffinées et un peu folles, viennent peupler les bars et les dancings de l'Extrême-Orient. La Révolution était trop fraîche.

Les prostituées étaient toutes filles du peuple et du plus pauvre. Elles avaient hérité de lui sa robustesse, sa résignation, son endurance. Il fallait cela pour survivre à la faim, au froid, aux maladies, aux nuits blanches, à l'alcool et aux coups, bref au jeu de massacre où, sans cesse pour les hommes et pour l'existence, elles avaient servi de mannequins.

Les plus fortes, les plus endurcies, gardaient

à travers et contre tout un éclat étonnant. Rien ni personne n'avait pu entamer le port fier de la tête, le cou lourd et haut, plisser ou flétrir la peau ferme et lisse. S'il était possible de sentir tout ce qu'elles avaient souffert et subi, c'était uniquement au sourire indifférent, fatigué, qu'elles offraient à tout le monde.

À part cela, obtuses pour la plupart et infantiles dans ce qui les faisait pleurer ou rire. Grossières de langage et de sentiment.

On aurait pu penser que le renversement incroyable de leurs fortunes apportait à ces filles orgueil et joie. Il n'en était rien. Le bon Dieu (leur foi était entière, aveugle), le bon Dieu avait fait son cadeau trop tard.

Comment auraient-elles pu comprendre ce qui leur arrivait ? S'ajuster à l'événement ? Ces uniformes d'un autre monde, ce langage de païens, ces bousculades pour vous allumer une cigarette, ces chaises que l'on s'arrachait pour vous les avancer, et ces yeux chavirés, sans que les mains bougent.

Qu'est-ce que cela voulait dire ? Qu'ils n'avaient pas envie d'elles ? Ou qu'il n'y avait pas assez de filles ? Mais alors on les tire au sort, on renchérit l'un sur l'autre, on s'abîme les gueules. Voilà ce qui vous fait honneur.

Elles pensaient aux sous-officiers russes qui avaient hanté leurs beuglants et bordels. C'étaient des hommes. Droit au fait. Ils vous fourraient sous chaque aisselle une ou deux bouteilles de vodka et vous poussaient, vous traînaient jusqu'à la chambre. Et venait le tour d'un autre. On pouvait avoir du plaisir. Tandis que ceux-là...

Oh, pour des roubles, ils en avaient. Trop. Et ils n'en étaient pas avares. Pas assez. Ils ne demandaient rien en échange. Une promesse au plus. Et l'argent perdait sa valeur et son goût.

L'imagination faisait défaut aux entraîneuses, qui permettait de prévoir, préparer le lendemain. Rapaces, mais seulement pour manger, payer un loyer, quelques nippes, s'offrir une virée. Elles s'étaient trouvées souvent le ventre vide à hurler et sans toit. Alors quand elles avaient gagné, mérité leur pain et un abri, elles se sentaient tranquilles, légères, heureuses.

C'était comme une balançoire qui vous jette du bas au sommet. On discutait des prix, on marchandait la passe. Un rouble, une poignée de kopecks en plus – victoire ! victoire ! Tandis que maintenant l'argent n'était plus un jeu entre l'angoisse et la joie mais un dû, une dîme. Non, elles n'entendaient rien à ces étrangers. Non, elles ne les aimaient pas. Et, au lit, qu'est-ce que ça devait être !

Ces filles, il ne m'était pas difficile de les si bien comprendre. C'est elles qui m'ont tout dit. Nous avions tant de choses en partage : la langue, les nourritures et la fête à la russe. Les noms de leurs provinces, de leurs rivières m'étaient familiers. Elles connaissaient celui d'Orenbourg, ma ville d'enfance. Nous échangions des souvenirs.

Elles se débarrassaient, se reposaient d'un rôle qu'on les forçait à jouer. Quand elles passaient royalement de loge en loge, elles s'arrêtaient toujours dans celle où je me trouvais avec des compagnons de choix ou de hasard. Elles faisaient monter les musiciens de l'orchestre. Ils connaissaient bien leur métier et l'aimaient. Surtout l'accordéon et la balalaïka.

Ils portaient en eux les démons qu'il fallait. Et si, abreuvés, fêtés, ils sentaient un accord, une réponse chez ceux qui les écoutaient, alors, à ces démons, ils ouvraient la cage.

L'*Aquarium* n'était plus le même, et s'effaçaient les ors craquelés, les plâtres flétris, les nappes douteuses, les gueules avinées, et se taisaient le tumulte idiot, la basse ripaille. Car les instincts pesants, puissants, brûlants, bestiaux et impossibles à exaucer qui rendaient à moitié déments tous ces hommes, ils devenaient, ils étaient soudain mélodies et mélopées merveilleuses de joie, de feu, d'amour et de tourment, nées sur une terre immense, à l'ombre de ses noires forêts, sous le vent libre des steppes, dans l'enfer des glaces, le long des fleuves énormes.

Les musiciens chantaient. Et embellies soudain, transfigurées, inspirées, chantaient les entraîneuses. Et, en bas, des tables occupées par les Russes, montait le chœur grondant de leurs voix. Et l'on buvait verre après verre, coupe sur coupe, sans le vouloir, le savoir, à la cadence du chant. Et tant que l'accordéon et la balalaïka menaient le jeu, les maléfices de l'alcool n'avaient pas de pouvoir, comme suspendus eux aussi par l'envoûtement.

Mais ensuite, quelle revanche ! Il n'y avait plus qu'outrance, dévergondage, hystérie. Dans la gaieté, le chagrin, l'attendrissement, la rancœur, le désir. Les entraîneuses ne pensaient plus à tenir la pose. Rires d'ivresse, tapes sur les cuisses, lourdes chevelures défaites, bacchantes de mauvais lieu.

Les étrangers oubliaient leur réserve. La liberté, l'impudeur de leurs mains, l'expression de leurs traits mettaient à nu leur convoitise comme chauffée à blanc. Les filles les repoussaient avec des rires épais et des obscénités effroyables, promettaient tout du regard, se laissaient embrasser et quittaient la loge.

Puis, d'un pas incertain, elles gagnaient la salle où, le plus souvent, elles s'asseyaient à la table d'un très riche marchand barbu, arrogant et brutal. Il les embarquait chez lui avec les musiciens et une caisse de champagne.

Mes compagnons n'avaient plus rien à gagner, rien à perdre. Ils se saoulaient à mort.

Pour moi, c'était différent. J'avais auprès de ces femmes un grand succès. Mais pas celui que m'attribuaient et m'enviaient mes compagnons. Elles m'aimaient bien, vraiment bien. A cause de mon âge, d'une sensibilité à peine endurcie, de l'intérêt que je prenais à leurs histoires, de la confiance qu'elles m'accordaient. Ça n'allait pas plus loin. Au contraire. J'étais leur fleur bleue, leur petit frère.

Payer ? Elles auraient eu honte et pour moi et pour elles. Si j'avais vraiment insisté, elles se seraient, je crois, laissé faire. Par attendrissement, charité. Ce que je ne voulais pour rien au monde.

Les raisins trop verts de la fable ? Non. En toute sincérité, elles ne me tentaient pas. Je les connaissais trop. Rêve, mystère, évasion, qui ont une si grande part dans ce genre d'aventure, – pour moi, les filles de l'*Aquarium* ne pouvaient pas donner un instant de leurre. Et le besoin physique à l'état le plus brut, j'en avais été guéri pour avoir, quelquefois, été prendre, à jeun, un verre de thé dans leurs chambres. Tout y était sordide : logement, meubles, lit défait, draps et linges sales. Et l'odeur...

Si bien que, ni moi pour elles, ni elles pour moi, nous n'avions de sexe. Et puis les fatigues de leur métier et pour ma part l'alcool, les nuits blanches, les coolies...

Car le chargement continuait... Seulement, comme il approchait de la fin, il me fallait en outre trouver deux nouveaux hommes à corrompre : un chef de train qui voulût bien rattacher le wagon à son convoi et un mécanicien de locomotive qui acceptât la surcharge.

Ainsi traînaient les journées et les nuits. Lassitude physique et morale à crever. Coups de fouet du vin, des chansons. Veule compagnonnage avec les entraîneuses.

Mes camarades de l'escadrille, je ne les voyais pour ainsi dire pas. Bob – tout à sa maîtresse. Le capitaine et quelques officiers élégants reçus par la « société » de Vladivostok. Les autres, résignés, réduits à des tâches imbéciles (toujours pas d'avions en vue), aux petites histoires de la mission, aux soucis de la popote, à la manille et au piquet.

De temps à autre, il en venait à l'*Aquarium*. Chose étrange, ce n'étaient pas les plus jeunes ou les plus aventureux. C'étaient les « rampants », officiers d'administration, médecin, trésorier-payeur. Ayant dépassé la trentaine. Mariés. Pépères. Oh, ils ne faisaient pas de folies... Mais tout de même, l'évasion, le mirage... On buvait un coup ensemble. On bavardait.

Ils revenaient sans cesse aux mêmes propos : combien de semaines, de mois, avant le rapatriement ? Ils me rendaient malade. Mon âge me condamnait à partir le dernier. Je retournais à l'*Aquarium* qui n'était pas le leur. Celui des beuveries, de l'accordéon et de la balalaïka, de l'amitié des filles. Je ne voulais plus rien penser, plus rien attendre.

Là-dessus est arrivée une nouvelle entraîneuse.

J'avais été averti de sa venue par les filles. Mais quand je l'ai vue à son premier soir, je n'ai pas pu admettre que c'était elle. Avec les autres, quoi de commun ? Si jeune, petite, les épaules fragiles et à peine dénudées, seule à la table la plus reculée, la plus ingrate, les bras collés au corps, elle tenait ses yeux fixés obstinément, sauvagement, droit devant elle.

J'ai interrogé un serveur. Oui, oui, c'était bien la nouvelle artiste. Elle s'appelait Lena. Mais je doutais encore. Il a fallu pour me convaincre la voir entrer en scène et s'apprêter à chanter.

Je n'étais pas le seul qui eût du mal à croire. Un murmure long, méchant, s'est répandu à travers la salle. « Quoi, voulait-il dire, quoi, on nous présente à nous, les habitués, les clients, les connaisseurs, on nous présente ça... un corps de rien du tout, caché par une robe sombre, une figure creuse, des yeux hagards qui ne s'adressent à personne... »

Et puis... et puis, au bout de quelques instants à peine, un murmure a couru de nouveau mais d'une tout autre portée. Il exprimait, au-delà de l'étonnement, quelque chose qui avait l'intonation de la louange, de l'hommage.

C'était la voix : grave, dure, et nourrie d'une peine si poignante qu'il était difficile de la supporter. Et sa chanson ne ressemblait en rien à toutes celles que, ici, on avait l'habitude d'entendre. C'était une complainte, très vieille et très lente, d'une simplicité terrible et dont chaque mot tombait un à un, comme ces cailloux qu'on jette dans une eau étale et qui la font trembler longtemps, ride sur ride, onde sur onde.

Ensuite, pas un applaudissement, mais aussi pas un bruit. Lena est allée seule s'asseoir à sa table déshéritée, sans que personne songeât à l'y rejoindre, à l'inviter.

Seulement, a repris, plus fort et plus avide encore que de coutume, le vacarme qui exigeait à boire. Les gens se vengeaient de la chanson.

Dans notre loge, il y avait deux entraîneuses pleines d'indulgence à l'ordinaire pour tout le monde et qui comptaient parmi mes amies les plus sûres. Elles se sont presque jetées sur moi, chuchotant :

– Tu la regardais... la regardais... Pourquoi la regardais-tu comme ça ?

– Elle chante admirablement, ai-je dit.

Alors elles se sont mises à parler, tantôt en même temps, tantôt l'une coupant l'autre, avec violence, avec haine... Oui, entendu, oui, entendu, elle s'en tirait, oui, elle s'en tirait pas mal, c'était vrai. Mais est-ce que ça l'excusait d'être si crâneuse et grossière ? On l'avait accueillie comme une bonne copine. On voulait lui expliquer, lui indiquer les gars qui étaient larges et comment s'y prendre avec eux... Est-ce que je croyais, par hasard, qu'elle avait écouté, remercié ? Pas un mot. On n'existait pas pour elle.

Et puis elle était allée à cette table dont personne ne voulait, ne voudrait. Bien fait pour Madame.

Elles se sont penchées sur le rebord de la loge et m'ont crié :

– Viens ! Viens vite ! Vassili est en train de la dresser.

Vassili – c'était le gérant – un homme court, très gros, avec sous la graisse des muscles énormes. Je l'avais vu jeter dans la rue d'une seule main des ivrognes qui devenaient dangereux et calmer à lourdes gifles les crises des entraîneuses hors d'elles-mêmes. Il parlait à l'oreille de Lena, une main sur sa nuque.

— Il veut qu'elle aille à une table et elle ne veut pas, disaient les filles. Si elle continue, il va l'y traîner, l'imbécile !... Elle ne le connaît pas... Tu vas voir, tu vas voir.

Je n'ai rien vu. Lena est allée s'asseoir avec trois marchands aux barbes énormes, aux faces et manières de riches moujiks endimanchés. L'une de mes compagnes a dit d'une voix qui s'étouffait :

— Ils lui demandent de chanter... Ils ont fait signe à Sereja.

C'était le pianiste. Et Sereja s'est mis à jouer la même mélodie. Je ne pouvais, de la loge, distinguer les traits de Lena mais je voyais son dos rigide et tendu à casser. Pourtant, lorsqu'elle a repris la complainte, sa voix était tout aussi dure que la première fois et aussi pure et faisait autant de mal.

Les marchands l'écoutaient nuque ployée et les doigts crispés dans leurs cheveux gras. Puis ils lui ont versé du champagne. Elle a refusé.

— Qu'est-ce qu'elle se croit ? ont chuchoté les entraîneuses. Elle est là pour boire et faire boire. Elle n'est là que pour ça. Comme les autres. Ah, ah, regarde !

Vassili s'approchait. Lena a pris sa coupe et l'a vidée d'un trait. Et une deuxième, une troisième... Les marchands en ont eu un plaisir étonnant, énorme. Clameurs d'éloges. Coups de talon contre le plancher. Tapes dans le dos. Et ils ont plongé les mains dans leurs poches. Lena a quitté la table, la salle.

L'une de nos compagnes a couru aux nouvelles. En revenant, elle hochait la tête, haussait les épaules, se parlait à elle-même. Elle n'y comprenait rien. Les marchands avaient envoyé à Lena un plateau chargé de roubles. Vassili en avait pris la moitié et avait autorisé Lena, pour cette fois, à partir.

Lena n'était pas très souvent demandée. Et seulement par des Russes. Tantôt une tablée de princes grossiers du négoce. Tantôt quelque homme seul, aux yeux sans espoir.

Mais alors le champagne et l'argent étaient dispensés avec tant de prodigue fureur que l'on a vu peu à peu Vassili se prendre pour Lena d'une sorte de déférence. Elle buvait beaucoup, n'en semblait pas changée sauf quand tout à coup elle criait une insulte cruelle, ou se laissait aller à un geste violent de bravade ou défi.

Il lui arrivait aussi de se coller contre l'homme qu'elle venait d'injurier, de le baiser avec violence et fiévreusement sur la bouche. Parfois elle se faisait emmener par lui.

Je ne l'observais que de loin. Pour les sens elle avait peu d'attrait. Et pour d'autres rapports, son comportement, son orgueil, ses sautes violentes d'humeur me gênaient et m'effrayaient un peu. Elle ne ressemblait à aucune autre fille. Sa voix bouleversait. Elle était, dans cet endroit, un personnage curieux, rare, intéressant à suivre. A distance.

Le wagon était chargé, scellé, rattaché à un train de marchandises. Mais je devais me remettre en chasse dès le matin suivant. Et ces fatigues, cet ennui mortel, les coolies, les pots-de-vin, – pour servir à quoi, bon Dieu ! A quoi ? Il y avait toutes les chances qu'à Tchita, par son colonel sans narines ou quelque autre de ses forbans, Semenof prenne notre wagon. Je travaillais pour qui ? – pour l'*ataman*.

C'est au plus bas de ma forme que je suis descendu de traîneau devant l'*Aquarium*.

Une femme était rencognée sous le porche. Elle fumait. Chaque bouffée éclairait sa figure. J'ai reconnu Lena.

Quand je suis passé devant elle, elle m'a demandé brusquement :

– Est-ce vrai, comme on le dit, que tu parles si bien le russe ?

Elle avait appuyé sur le *tu* avec effort et défi.

– Ce qu'on vous a dit est vrai, ai-je répondu.

Et le *vous* dans ma voix n'avait pas d'inflexion particulière. Lena est venue à moi si près que le feu de sa cigarette m'a chauffé les paupières.

– Pourquoi ce *vous ?* a-t-elle dit furieusement.

J'ai répondu que rien ne m'autorisait à être familier avec elle. Je la connaissais de loin et seulement pour l'avoir entendue chanter.

Elle a hésité un instant, puis, d'un trait, d'un souffle :

– Vous ne vous moquez pas ? C'est bien vrai que c'est l'habitude en France avec tout le monde, tous les gens ?

Elle chuchotait « Les gens... Tous les gens ».

Ce murmure n'était ni plainte, ni reproche mais un étonnement sans bornes. Un pays où les hommes et les femmes du labeur et de la faim, des champs, de l'atelier, de la fabrique, de la mine, tous les hommes, toutes les femmes aux mains calleuses et déformées, on s'adressait à eux, à elles comme on le faisait à l'égard des riches, des officiers, des fonctionnaires, des policiers ? Tandis qu'ici...

Lena a respiré à fond et a dit :

– J'ai besoin d'air. A l'intérieur, c'est du

poison. Le tour de chant – c'est bien plus tard. On pourrait se promener un peu.

J'ai accepté.

Un ivrogne déguenillé, chancelant, s'est cogné contre moi et m'a accablé d'injures ordurières. Je lui ai répondu par réflexe de la même façon. Aussitôt j'ai pensé à Lena et voulu m'excuser. Après une seconde de surprise, elle m'a empêché de poursuivre.

– Oh, je vous en prie. J'en entends bien d'autres et ça m'arrive aussi...

Puis, avec un rire qui n'avait aucune gaieté :

– Ça montre au moins que vous savez à fond la langue russe, la vraie.

J'ai voulu alors raconter mes années d'Orenbourg. D'habitude, c'était accueilli avec curiosité, intérêt.

– Non, non, s'est écriée Lena. La Russie, je connais, je connais. Dites-moi la France, la France !

Nous avons marché le long de la *Svetlanskaïa*, sur un trottoir bossué, défoncé, de réverbère en réverbère, flammes sales dans la brume. Des hommes, des femmes au bout de leur boisson, sortaient en titubant des assommoirs, chantant à tue-tête, mendiant quelques kopecks.

De temps à autre, assourdis par la distance et le

brouillard, des coups de feu venaient du port. Les Rouges.

Les nuages étaient bas. Il faisait un froid humide. Et Lena me pressait, harcelait. Paris... la vie là-bas... J'ai dit ce que j'y avais connu hors de la guerre. Mes parents... Leurs amis... La Sorbonne... Le quartier Latin. Mes copains étudiants. Le Luxembourg. Les cafés... La bohème.

Quand enfin je me suis tu, Lena a dit, après un très court et lourd silence, la tête levée vers la chape des nuages noirs :

– Pas plus vieux que moi... Et tant de choses... tant de choses et tant, tant d'avenir.

Elle a lâché mon bras, s'est mise à marcher seule. Un assez grand espace nous séparait. Elle allait, les yeux fixés, comme toujours, devant elle. Nous sommes arrivés à l'*Aquarium*.

Elle m'a invité. A sa table. Celle dont personne ne voulait. Elle a fait apporter une carafe de vodka blanche et une carafe de vodka colorée par une herbe jaune, de gros concombres malossol, des tranches de pain noir, des harengs, des tranches de saucisson et de fromage.

– Mange, mange, disait-elle avec une excitation qu'elle contenait mal. C'était comme ça chez nous les jours de fête. Pas plus et pas souvent. Mais c'est bien meilleur quand c'est rare. Tandis qu'ici, maintenant...

Elle avait à peine touché à la nourriture et pris beaucoup de vodka jaune. Les yeux au loin, elle a parlé, parlé. Sa vie... toute sa vie.

Elle était d'Omsk. Son père, menuisier de premier ordre, touchait un bon salaire dans le grand atelier qui l'employait. Il ne buvait pas, aimait sa famille. Cela ne suffisait pas tout de même, cinq filles et garçons étaient nés avant Lena. Sa mère faisait des ménages. Trois petits enfants sont encore venus au monde tardivement. La mère avait de moins en moins de forces. Lena était d'âge — douze ans — à gagner un peu d'argent.

Une amie couturière l'a prise en apprentissage. Elle avait les doigts agiles, du goût pour les jolies étoffes : le métier lui est venu vite et bien. Sa patronne l'envoyait travailler à la journée, dans les familles riches. Elle était peu nourrie et mal payée. Mais le temps passant, elle a su faire des jupes, des blouses, de vraies robes et qui plaisaient. On la demandait un peu partout. Elle a gagné plus d'argent. Elle songeait à s'établir à son compte.

— Et le chant ? ai-je demandé.

— Quoi, le chant !

L'expression de peine et de haine était de nouveau dans ses yeux.

— Oui, j'aimais chanter et tout le monde trouvait que je le faisais bien, avec une bonne voix. Et après ? À quoi ça pouvait mener ? Vous sauriez me l'expliquer, vous ? Le chant, sans études ?

Elle avait mis dans le dernier mot tout le rêve, l'amour, le regret désespérés que j'ai entendus par la suite, chez tant de filles et de garçons pauvres. Lena a contemplé un instant le tréteau de l'*Aquarium.* Une entraîneuse grande et grasse et belle y faisait son numéro. Lamentables vocalises. Paroles idiotes. Gestes d'énorme poupée mécanique.

— Le voici, votre chant, dit Lena. (Un verre de vodka jaune et un autre.) Tout ça, parce qu'il est entré par hasard dans le réduit où je travaillais chez sa mère.

Il, c'était Fédor, beau capitaine de l'état-major de Koltchak.

Bon, il faut en prendre son parti. Ici commence le mélo le plus éculé, le plus minable feuilleton pour concierge. Je n'y peux rien. Ça n'est pas le premier que la vie ait fabriqué. Pas le dernier non plus. Tout y est. Le prince charmant, affreux séducteur, et la pauvre cousette.

Ils se voient d'abord dans le grand jardin de l'hôtel particulier de la famille. Mois d'août. Arbres, feuilles, oiseaux et fleurs. Il loue un nid d'amour. Elle n'a ni regret, ni honte. Est-ce qu'on peut avoir honte d'un bonheur si grand qu'on n'arrive pas à croire qu'il peut être vôtre ?

Mais elle a beau se raisonner, c'est pourtant vrai qu'il l'aime. Oui, il l'aime, elle est forcée de l'admettre. Cadeaux, bouquets. Attentions et compliments sans fin. Il adore ses yeux, sa voix.

Les parents ? Elle invente des heures supplémentaires. L'argent qu'elle est censée y gagner, Fédor le lui donne. A la maison, la mère est trop contente, trop fatiguée aussi pour avoir le moindre soupçon.

Trois mois de cette folie merveilleuse.

Mais voici que le capitaine est envoyé en mission à Vladivostok. Ça l'écœure. Il est d'Omsk, la grande ville, la capitale de la Sibérie. Il est le favori de la haute société, des grands dîners, des grandes soirées dansantes, des galas au Grand Théâtre. Quitter ça pour un trou de province puant, triste à crever ! Il va et vient à travers la pièce. Les éperons sonnent sur le parquet. Soudain un grand rire.

Comment n'y a-t-il songé ? Il emmène Lena, il l'emmène ! À deux, ce sera plus gai.

Elle fait un signe de croix. Un instant plus tôt, c'était la fin du monde. Maintenant le monde est sauf. Le conte de fées continue.

Le Transsibérien. Wagon de luxe et, dans ce wagon, le compartiment le plus cher, le plus beau. Champagne tout le long de la route. Courbettes des contrôleurs, les chefs de train aux petits soins, à la botte.

Vladivostok.

Tout va bien. Les gens de Koltchak ont réquisitionné pour son aide de camp un logis passable. Il rentre de plus en plus tard, c'est vrai, mais toujours gai, amoureux, armé de bouteilles de choix.

Noël approche. Elle dresse l'arbre consacré aux bougies. Elle lui en parle, propose d'inviter des amis. Il l'embrasse, s'attendrit. Hélas, ça n'est pas possible. Il a terminé ce qu'il avait à faire. Ou à peu près. Mais tout est en ordre. Il n'était que temps. Ses parents l'attendent absolument, absolument, pour les fêtes. Elle doit comprendre. Il voit bien qu'elle comprend.

Désire-t-elle qu'il la ramène à Omsk ? Ce serait volontiers. Ah oui. Elle était partie sans dire à personne ni où, ni comment. Oui, oui. Parents pauvres mais honnêtes. La mère peut mourir de chagrin. Le père a des accès de fureur dangereuse.

Oui – les voisins... les familles chez qui elle travaillait. Oui, oui.

Eh bien, qu'à cela ne tienne. Elle se débrouillera très bien à Vladivostok, il en est sûr. La ville a plus de ressources qu'on ne croyait. Elle sait coudre, chanter. En attendant qu'elle trouve à s'employer, elle peut dormir en paix. Il pourvoira au nécessaire de grand cœur.

Le Transsibérien de luxe l'emporte.

Il ne lui avait jamais promis quoi que ce fût. C'était vrai. Il lui avait assuré chez une très brave femme, payée trois mois à l'avance, une chambre décente. Et laissé des tas de roubles. C'était vrai. Elle n'avait rien à dire. Rien.

Et voilà. Dans le genre *Vierge et Martyre – Vierge et Flétrie* – c'était imbattable. De quoi mourir de rire. Mais quand une histoire comme celle-là, on l'entend à l'*Aquarium*, dite par une voix sans aucun timbre, sur un seul ton, une seule corde, parce que l'inflexion la plus légère, l'écho le plus ténu d'un sentiment peut la casser ; quand on a devant soi une fille si menue qu'on ne peut lui donner plus de seize ans et quand on sait qu'elle n'attend plus rien de ce terrible monde et que maintenue debout seulement par son orgueil farouche, il faut que malgré lui elle dévide son roman lamentable, parce que, simplement parce que, en l'abordant, on lui a dit *vous* — alors le cher esthète et le bel esprit que l'on peut avoir en soi, ils ont bonne mine.

Et l'on continue d'écouter. Et le mélo reprend.

Même style. Son amant avait entraîné Lena à boire. Elle s'y met goulûment. Outrageusement. L'argent ? Elle n'en a jamais eu. Elle ne sait pas compter. Les roubles de Fédor s'effritent, s'envolent. Elle est sur le sable.

Une idée : sa chambre. Il lui reste un mois à courir, payé d'avance. Elle se la fait rembourser et s'en va. L'hôtel qui devient son gîte, on devine ce que c'est.

En déballant ses hardes, elle trouve une enveloppe timbrée d'un blason. A l'intérieur, une lettre que Fédor lui a laissée en cas de besoin, à l'adresse d'un certain Vassili. Elle s'y rend.

Vassili est tout miel. Mais bien sûr ! Mais comment ! Son Honneur, le capitaine, Son Excellence, Monsieur le Comte... Un si bon client. Un si grand barine. Mais comment ! Mais bien sûr ! Trop heureux d'avoir une artiste que Son Honneur, Son Excellence lui recommande.

Quand Lena s'est tue, le flacon de vodka jaune était vide. J'ai voulu appeler un serveur. Elle a refusé d'un geste impatient et fait signe à Vassili qu'elle allait entrer en scène.

Dès qu'elle a entamé la complainte, j'ai eu la certitude que jamais elle ne l'avait chantée et ne la chanterait plus jamais de la sorte. C'était, scandé, martelé sans hâte, sans terme, le bruit que font les fers aux pieds du forçat jusqu'au bout de sa vie.

Seulement, cette nuit, les forçats, c'étaient tous les hommes. J'aurais pu croire que je me trouvais encore sous le coup du récit que venait de me faire Lena, mais j'ai vu sur les traits de gens qui n'avaient rien en commun, en partage, une angoisse qui les rapprochait, les liait funestement. Chacun avait entendu le malheur.

Lena n'est pas revenue à la table. Au lieu de descendre, selon l'usage, de la scène dans la salle, elle s'était glissée dehors par une petite porte et avait gagné la rue.

Cela m'a plutôt soulagé, libéré. J'avais eu ma dose de drame. J'étais content de retrouver mes bonnes habitudes, la loge familière, les camarades avinés, la saine bêtise des entraîneuses. Les camarades n'ont fait que plaisanter crûment ma conquête et les filles m'ont ignoré. J'ai bu. Peu à peu plus rien n'a eu d'importance. Lena encore moins. Ce que je cherchais sans doute.

Une fois de plus, c'est à l'état de zombi que de l'*Aquarium* je me suis rendu à la gare. Là, il a bien fallu que je me réveille. Tout allait de travers. Il y a des jours pour ça.

Les gens dont j'avais acheté les services n'étaient plus à leur poste, remplacés par des inconnus : le travail des pots-de-vin, qui me répugnait entre tous, à reprendre. Un coolie s'était rompu une vertèbre cervicale. Fang me faisait la gueule, je ne savais pourquoi. La neige fondait en tombant — crachin de suie.

Venant sur la fatigue, tout cela m'a donné comme une rage de nerfs. Intolérant, de mauvaise foi, mesquin, agressif, j'en voulais au monde entier. Aux employés de chemin de fer, aux coolies, aux camarades de l'escadrille qui me laissaient tomber, à mes compagnons de l'*Aquarium*, ces obsédés sexuels, à mes amies les entraîneuses qui ne me parlaient plus.

Soudain, de tous les visages auxquels s'en prenait ma bile, un seul en est devenu l'objet. Lena. Elle était la plus vaniteuse, la plus fausse, la plus détestable. Ne lui avais-je pas prodigué la sympathie, les égards ? Tenu compagnie pour une promenade sinistre ? N'avais-je pas suivi de tout cœur son histoire ? Assez souffert pour elle ? Après quoi, partie, disparue, sans un mot. Un peu de vague à l'âme. Besoin de se faire plaindre. Un bon jeune homme passe. Une âme sensible. Il marche à fond. Le tour est joué. On le plaque. Voilà. Une poire. Elle m'avait pris pour une poire. Eh bien, elle se trompait. Ce soir même, j'allais lui dire... je lui dirais.

À ce moment, le dégoût, le mépris que j'ai eu de moi-même ont été si forts que je me suis aveuglé des deux mains pour ne plus voir ce que je voyais : les yeux de Lena tandis qu'elle me parlait. Mais ils étaient là avec leur mal inexpiable et le chant était là aussi avec son malheur. Et si elle était partie c'est que, à bout, elle n'avait pas été assez brave, assez fière, pour en réserver à elle seule le poids et le secret. Et qu'elle s'en punissait.

Et pour moi — pour moi — l'abandon le plus précieux, le plus poignant, n'avait été qu'une atteinte à mon cher petit amour-propre. Mais chacun pouvait commettre une erreur, une faute involontaire. Je saurais la racheter. Apaiser Lena. Lui rendre le goût de la vie. Si j'avais connu son adresse, si l'*Aquarium* où je pouvais l'apprendre avait été ouvert, comme j'aurais ri de mes corvées et couru chez elle. Mais ce soir, ce soir...

Je me suis fait beau comme jamais. Je suis arrivé à la boîte de nuit, alors qu'il n'y avait encore personne. Je me suis assis à la table de Lena.

Vassili, le gérant, le videur, s'est penché sur mon épaule pour dire doucement :

— Elle ne viendra pas. Elle m'a fait prévenir qu'elle était malade. Vous voulez son adresse ?

Les pensées, les images ont défilé à une cadence folle. Malade... seule... un taudis... j'y cours. Mais malade, seule, sans médicaments... s'en procurer d'abord... J'étais déjà dehors.

— Portier ! un traîneau, une troïka, la meilleure. Bon pourboire... *Izvostchik*... toute allure... je paie double.

Le cantonnement. Le toubib. La pharmacie — quinine, aspirine, gaze, coton, iode, eau oxygénée, quoi encore ?... oui, un révulsif...

— *Izvostchik*, vite, plus vite...

Ruelles, venelles, enfin l'impasse. Au bout, une masure à un étage, très vieille, en rondins. La toiture, pour basse que soit la maison, se perd tout entière dans la nuit. Pour seule lumière, il n'y a, accrochée à la porte, qu'une lanterne enduite de neige et de crasse.

Elle éclaire confusément un vieux petit

bonhomme et sa barbe grise qui se tient sur le perron. Le veilleur de nuit. Je demande Lena.

Il considère mon uniforme et dit :

– La petite fille. Votre Noblesse veut parler de la petite fille. Aux ordres de Votre Noblesse. Je vais la prévenir.

– Non. Tu me conduis tout de suite. Compris ?

Le ton, le tutoiement dont j'ai usé envers un homme de cet âge m'ont paru aller de soi. On prend vite les habitudes de la puissance.

La chambre de Lena était bien telle que je le prévoyais. Inutile de décrire les dimensions, l'ameublement, l'hygiène d'un réduit situé dans les combles d'un hôtel borgne, au fond d'une ruelle des plus mal famées, en ce temps de Vladivostok.

Mais Lena n'était pas au lit, appuyée, fragile, émouvante contre ses oreillers. Elle faisait, pieds nus et d'un pas saccadé, le tour d'une table boiteuse qui portait une bouteille de vodka, sale, entamée aux trois quarts.

Je la regardais du couloir obscur, par-dessus l'épaule du veilleur de nuit qui avait ouvert la porte. La chambre était si exiguë qu'elle s'est trouvée devant lui à le toucher.

– Oh ! quel plaisir tu me fais, mon père Noël, a-t-elle dit. Viens vite prendre un verre.

Il s'est effacé pour que je puisse entrer et a refermé la porte derrière moi. Lena alors a reculé jusqu'à la fenêtre sur laquelle un papier huileux remplaçait les vitres et, de là, son corps chétif plié en deux pour que sa tête ne heurte pas le plafond, elle a hurlé :

— Va-t'en, tout de suite, va-t'en ! Va-t'en ! Je suis chez moi, tu entends, je suis chez moi ici. Et toi, de quel droit ? Tu te crois tout permis parce que je t'ai raconté hier... Va-t'en !...

J'ai eu vraiment peur. La voix était montée jusqu'à l'hystérie. La crise menaçait. J'ai balbutié une excuse, un assentiment. Je n'avais pas bougé du seuil. Un pas suffisait pour sortir.

Au moment de le faire, j'ai pensé au paquet que j'avais sous le bras. Je l'ai déposé sur le lit défait, humide, et j'ai balbutié encore :

— Quelques remèdes. On m'a dit que tu étais malade.

Là aussi le tutoiement est venu tout seul. Mais je n'y ai songé qu'après. Je n'avais qu'un désir : m'en aller. Je me suis tourné vers la porte. Il m'a semblé entendre Lena.

Elle parlait si bas que d'abord on ne pouvait pas distinguer les mots. Puis j'ai compris. Elle chuchotait :

— Attends... attends.

Elle est venue jusqu'au lit très lentement — difficilement. La distance était dérisoire mais ses pieds nus lui obéissaient mal. Elle a essayé de défaire le paquet, n'y a pas réussi. Je l'ai ouvert.

Elle a effleuré les médicaments un à un, plusieurs fois, et m'a demandé :

— Tu es venu me soigner, m'aider ? Après ce que tu as su de moi...

Elle avait une intonation si humble, que la vie ne devrait pas avoir le droit de l'infliger à personne au monde. Je n'ai rien dit. Elle a repris de la même façon :

— Tu aurais de l'amitié... toi... pour moi ?

Alors m'est revenu à la mémoire un ancien, très ancien dicton russe, ou proverbe, ou bout de chanson. C'était une fille perdue qui parlait.

— Aime-moi noire, disait-elle à un homme. Blanche, tout le monde m'aimerait.

J'ai répété ces paroles, sans bien m'en rendre compte, à Lena. Elle a eu un soubresaut, m'a regardé pour la première fois en face, murmuré :

— Tu connais ça ?

On eût dit que j'étais un sorcier, savant en maîtres mots. Ses yeux se sont fixés sur la chambre, sa chemise tachée. Elle a dit encore :

— Je t'en prie, je t'en prie, laisse-moi. On se verra demain là-bas, je te le jure.

Elle a fait un signe de croix. Je l'ai quittée sans qu'elle ait fait un pas, un mouvement.

Partis de quartiers très éloignés l'un de l'autre, nous sommes arrivés à l'*Aquarium* en même temps, à quelques minutes près. Pour l'ouverture.

Prenant nos places à la petite table en retrait, nous avons eu le sentiment de renouer avec une longue habitude. Ça n'était pourtant que la deuxième fois.

Tandis que nous étions encore seuls dans la salle, Vassili s'est approché de nous. Il portait lui-même un plateau avec des petits pâtés aux choux, à la viande hachée, au caviar pressé et du vin du Caucase.

— Il faut manger, a-t-il dit à Lena. Non, non. Pas d'histoires. Pour chanter, il faut se nourrir.

Elle lui a obéi. Nous avons parlé. Elle surtout, et uniquement du vieux veilleur de nuit. C'était un soldat de métier. Quarante ans de service. Dans sa jeunesse, il avait fait beaucoup de guerres

— contre les Turcs. Plus tard, contre les Japonais. Lena s'est animée.

— Ça se passait à Port-Arthur, pas très loin, imagine-toi. Pour les distances qu'ils ont en Sibérie, c'est même près. Le vieux a été prisonnier au Japon. Il ne peut pas se consoler de la défaite russe à cause du Tsar. Il l'aimait beaucoup.

J'ai demandé à Lena pourquoi elle l'appelait père Noël. A cause de sa houppelande, sa barbe ? Non, ça n'était pas ça. Non... C'est parce que, à Noël, il l'avait invitée dans le sous-sol de l'hôtel qui lui servait de logement.

La salle, parterre et loges, était pleine. Les entraîneuses ont fait leur numéro. Le tour de Lena est venu.

Elle portait, au lieu de sa vieille robe noire, un fourreau de soie rouge semé de petites étoiles, son ouvrage, m'avait-elle dit. Elle n'a pas repris sa complainte. La nouvelle chanson était, elle aussi, très simple et très triste mais il y passait une humble tendresse.

Quelques instants après qu'elle eut quitté la scène, Lena a voulu rentrer. Ses mains tremblaient. Elle avait de la sueur au front, aux narines. J'ai pensé qu'elle avait la fièvre

— Non, a-t-elle dit. C'est que je n'ai pas bu une goutte de vodka depuis la nuit dernière.

— Tu en veux ?

— Un verre, un seul. Je bois trop.

Elle m'a serré le poignet très fort. On lui a apporté sa vodka. Nous avons pris un traîneau.

— Je ne pourrai pas aller vite, a dit le cocher. Maintenant, même de nuit, il dégèle.

En effet, depuis quelques jours — les derniers de février — l'air avait tiédi, la neige devenait boue, et les épis de glace suspendus aux corniches des maisons, aux rampes des balcons, fondaient en lourdes gouttes qui martelaient les trottoirs et les têtes des passants.

— Va du train qui te plaît, a répondu Lena. Nous ne sommes pas pressés.

Les deux chevaux sont partis à un trot paresseux. De temps en temps, le cocher les encourageait à mieux courir. Ils ne changeaient pas d'allure. Ils connaissaient sa voix, ils savaient que c'était pour la forme.

La *Svetlanskaïa* défilait très lentement. C'était bien. On allait à la cadence tranquille, légère des sabots, sans secousse. Et l'on avait tout le temps, comme avait dit Lena.

Depuis, elle n'avait pas parlé. Moi non plus. Pour quoi faire ? La nuit était si molle, si humide, que tous les bruits discordants — cris avinés, hystéries des filles, fureurs d'accordéon et même les coups de feu dans le port – s'en trouvaient amortis, étouffés. Un vent nouveau qui avait traversé le Pacifique bousculait les nuages – et dans les trous du ciel glissait la lune.

J'entourais d'un bras les petites épaules de Lena et elle se tenait serrée contre moi, si étroitement qu'elle semblait vouloir lier en un seul nos deux corps. Tout était bien, tout était réglé, entendu. Peu à peu les sabots des chevaux ne trottaient plus sur les pavés. Dans les ruelles que nous suivions, la boue les remplaçait. L'impasse de Lena n'était pas loin.

Lena a rejeté mon bras avec une violence dure, sauvage, s'est collée au fond du traîneau. Elle grelottait. L'alcool ? Le manque ?

J'ai voulu savoir si elle avait mal. Je suis sûr qu'elle ne m'a pas entendu. Du fond du traîneau, et si bas que sa voix semblait venir d'une très longue distance, elle m'a demandé :

– Est-ce que vraiment tu m'aimes ?

Je lui ai dit que oui, sans mentir, sans arrière-pensée. Et je l'aimais, ou du moins je le croyais de tout mon cœur. Ce qui, pour un passant, revenait au même. Elle est retournée à moi, sa tête contre la mienne. Sa toque de fourrure à bon marché me caressait la joue.

Les deux chevaux trottinaient plus lentement.

La boue leur cinglait les pieds. Alors, j'ai été saisi d'impatience. Une fille si désespérée et si fière abandonnée complètement. A moi, fort, souverain, qui pouvais lui dispenser bonheur ou tourment à ma guise. Elle avait un corps, une chair qu'il me fallait protéger, guérir, prendre.

— Tu dors ou quoi, le diable t'emporte ! ai-je crié au cocher.

Lena a relevé la tête un tout petit peu, d'un très doux mouvement, comme tirée d'un sommeil profond et paisible, passive. La lanière du fouet a sifflé méchamment et cinglé, enlevé les chevaux. Une secousse brutale m'a séparé de Lena. D'autres ont suivi toujours plus violentes sous le sifflement du fouet qui ne cessait pas. Cognés contre les mauvais ressorts ou la capote rêche, on ne pouvait penser qu'à garder l'équilibre. Enfin un dernier cahot. Le cocher avait tiré de tout son poids sur les rênes devant le gîte de Lena.

Je l'ai prise contre moi, j'ai passé mes bras sous sa nuque et ses genoux. Elle ne pesait rien. J'allais, elle sur ma poitrine, sauter de la voiture, jeter un paquet de roubles au cocher, et monter, la portant toujours, jusqu'à sa chambre.

La pointe d'un coude aigu lancé avec une force incroyable m'a brûlé les côtes. J'ai lâché Lena. Le temps de me reprendre, elle était déjà hors du traîneau. Je l'ai rattrapée par un poignet sur la première des trois marches en bois pourri qui menaient au perron. Elle a fait face.

– Quoi, que veux-tu ?

Alors, de découvrir sous le lumignon d'un bouge, une fille qui, après avoir tout accepté, tout promis avec bonheur, refusait de le reconnaître et mentait, insultait à ce bonheur, j'ai vraiment vu rouge. La rage qui m'a pris aux viscères, je n'ai pas cherché à la contrôler. Elle n'était que trop juste.

– Ce que je veux de toi ? ai-je dit. Facile : coucher.

Lena m'a lacéré le dos de la main de ses ongles. Je l'ai lâchée. Elle a gravi à reculons la deuxième marche et, de là, elle a crié :

– Pour rien au monde. Jamais, jamais, jamais.

Elle a dû voir à mes traits que ma colère était souffrance aussi et qu'un désir frustré n'était pas seul en jeu. Elle est descendue d'une marche et son visage s'est trouvé au niveau du mien. Froidement, tranquillement, elle a dit :

– Tu veux savoir pourquoi ? J'ai une sale maladie. Voilà pourquoi.

Je ne sais pas ce que j'ai pu ressentir. Vraiment, je ne le sais pas et je pense que, sur l'instant, je ne l'ai pas su davantage. Rien, sans doute. Juste le choc.

— Alors ? Te voilà muet et paralytique, a repris Lena avec le même calme. Tu n'as plus envie de moi, bel officier ?

Et d'un seul coup, sans que la moindre inflexion du visage ou de la voix ait pu l'annoncer, un rictus haineux, hideux, lui a élargi, tordu, ébréché la bouche. Elle était méconnaissable. Elle a incliné la tête pour mettre ses yeux contre les miens et son souffle est passé sur ma peau et, dans ce souffle, il y avait :

— Aime-moi noire... aime-moi noire.

Et puis :

— Tu as oublié. Déjà ? Ou peut-être je ne suis pas assez noire, à ton goût, pour que tu m'aimes ?

Elle m'a agrippé aux épaules, m'a secoué avec la force des hauts fiévreux, ou des fous, mais sa voix ne s'est pas élevée d'un ton.

— Qu'à cela ne tienne, mon chéri, mon angelot. Je vais te combler. La maladie, je ne sais pas de qui je l'ai reçue. Un de ces gras, lourds, ignobles vieux marchands à longue barbe et à millions de roubles qui prennent leur vrai plaisir à faire de toi une plaie ? Ou encore un petit officier de l'étranger ? Quelques-uns ont bien voulu se satisfaire de mes os, à défaut des autres grosses vaches. Qu'est-ce que ça peut me faire, dis ? Et de repasser le mal au premier venu, dis ?

Le souffle devenait engorgé, la voix aiguë.

— Et va dire dans votre loge à tes beaux petits porcs en uniforme, en rut, va leur dire que je n'ai pas honte, pas regret.

La voix montait, montait jusqu'au cri.

— J'en suis heureuse, fière. Je les hais plus que tous les autres hommes, tes amis. Ils sont jeunes, forts, de l'argent à ne pas savoir qu'en faire, ils ont un pays, ils ont une famille qui attend... (la voix atteignait l'hystérie). Et toi, tu es comme eux. Et ça n'est pas parce que tu parles russe, et que tu peux dire : « Aime-moi noire... »

J'ai trébuché, chancelé et il a fallu pour me rétablir que je cogne de dos le traîneau arrêté à quelques pas du perron. Une poussée de Lena y avait suffi.

Les chevaux se sont ébroués. Les grelots ont sonné. Lena a voulu courir vers la porte. Elle s'est ouverte sur le veilleur de nuit. Il a chantonné :

— Allons, allons, colombe, on fait beaucoup de bruit, ce soir.

Lena, avec un gémissement de bonheur, s'est abattue contre la vieille capote militaire et a caché sa tête sous la barbe grise. Le veilleur de nuit lui a caressé les cheveux, chantonnant toujours :

— Allons, allons, colombe, ça passera, tout passe, ça passera.

Ici, je ne peux m'empêcher de m'arrêter un instant, d'interrompre l'histoire. Car, vraiment, j'ai l'air d'en faire trop. C'est plus que du mélo. C'est une bouillie pour âmes simples, une guimauve, une mélasse de cœurs brisés. Mais, une fois encore, c'était comme ça.

Tout.

Je l'ai vu.

La lune qui, selon le jeu des nuages et de la brise du Pacifique, découvrait ou cachait le quartier des bas-fonds... Le perron tordu... Le lumignon malade... Et cette toute petite ombre serrée contre l'invalide à médailles qui avait fait les campagnes du Japon et de Turquie... Le père Noël de Lena.

Je l'ai vu.

Donc, je reprends... Je n'avais rien d'autre à faire que partir. Par chance, le cocher, pas payé, avait attendu. Mais partir comme ça, laisser Lena sans un mot.

J'ai gravi le misérable escalier, me suis penché

sur l'épaule de Lena, lui ai chuchoté à l'oreille quelque chose où il y avait : « Te soigner... docteur de l'escadrille – gentil, excellent... Te verrai demain... Tu peux compter sur moi. »

Elle a poussé doucement le vieil homme, lui a fait franchir le seuil à reculons, elle collée à lui et me tournant le dos. Ils se sont confondus dans l'obscurité.

De cette ombre est venue la voix chantonnante et naïve :

– Pardonnez, Votre Honneur. Bonne fin de soirée, Votre Honneur.

Je suis monté dans le traîneau. Sans rien me demander, le cocher m'a ramené à l'*Aquarium*. Vassili, comme cela lui arrivait souvent, prenait l'air sous le porche.

Il m'a observé un peu plus longtemps qu'il ne le faisait d'habitude et m'a présenté ses excuses. Un officier français était venu assez tard. Seul. Tout était occupé et il ne connaissait personne. Vassili lui avait donné la table en retrait, celle de Lena. Il ne pensait pas que je reviendrais cette nuit. Mais il était tranquille à mon égard. J'étais l'ami de tout le monde.

L'officier français appartenait à notre escadrille. Un lieutenant administratif chargé du personnel. On l'aimait bien pour sa bonhomie, son accent rocailleux des Hautes-Pyrénées, ses jurons en patois et le plaisir qu'il prenait à rendre service.

Il ne m'a pas vu m'approcher de lui. La tête entre les mains et courbé comme par une cassure, au-dessus d'un verre de vodka intact, qu'est-ce qu'il pouvait bien faire à cette heure, ici ? Je lui ai touché l'épaule. Il m'a sauté au cou.

— Alors quoi, lui ai-je demandé, le cafard ?

— Le cafard, tu me fais rire. Le bourdon, oui, le bourdon des bourdons. Assieds-toi, assieds-toi. Tu vas voir.

Il a poussé devant moi son verre.

— Tu connais Martin et Antoine, de la section comptable. Bon. Ils sont au moins de trois classes plus jeunes que moi. Oui ? Eh bien, eux, ils rentrent en France et moi qui reste à crever sans nouvelles des gosses.

— Mais, lui ai-je répondu, c'est contraire à la loi.

Il a soupiré, tiré sur sa moustache. C'est que Martin et Antoine, ils avaient la loi pour eux. Ils avaient été refusés par le conseil de réforme. Bancroches, cagneux et, pour la vue, des taupes. Mais c'étaient de bons bougres. A la mobilisation, ils ont remis ça. Ils ont insisté. On leur a dit de s'engager dans les services auxiliaires.

Le chef du personnel pensait que j'avais compris maintenent. Non, je n'avais pas compris. Il m'a considéré avec inquiétude. Est-ce que j'étais fatigué à ce point ? Puisqu'il m'avait dit que Martin et Antoine étaient des engagés, des volontaires.

J'ai eu devant les yeux une flamme – un blanc, une flamme. Quoi les engagés volontaires... quoi... démobilisés... Et moi qui avais devancé l'appel d'une année, moi je n'en savais rien. Un blanc, une flamme, un blanc.

De ça je me souviens comme si c'était d'hier. Pour le reste, on m'a raconté que Vassili a dû aider le lieutenant français pour m'enlever de ma chaise et me fourrer dans un traîneau.

À partir de là, tout s'est enchaîné, engrené mécaniquement, merveilleusement. Un bateau japonais appareillait pour Kobé dans deux jours. Martin et Antoine étaient déjà inscrits sur la liste d'office. Pour l'entrepont. J'ai eu le droit à une cabine de première classe.

J'ai été rendre ma sacoche et mes comptes. Serrer la main de Milan. Il était radieux. Les troupes tchèques se rabattaient sur Vladivostok. Elles allaient embarquer bientôt, retourner au pays libéré, après cinq cents ans de servage.

Le colonel Antonof à la gare. Les coolies arrosés de roubles. Même Fang. Dans mon allégresse, ma reconnaissance au destin, j'ai tâché de n'oublier personne.

La journée a passé comme un instant. Le soir venu, j'ai rendu visite à notre trésorier-payeur. Il n'avait pas assez d'argent pour mes frais de route.

Qu'à cela ne tienne, voici une lettre de crédit sur tous les consulats de France.

Et, pour finir, l'escadrille m'a offert un banquet d'adieu. Tous étaient là. Bob, le premier. Nous nous sommes embrassés. Fort. Bien. En un instant, tout a repris sa place, son poids inestimable. Bordeaux, les cloches de Brest, le baccara du *President Grant*, l'Amérique d'un océan à l'autre, le *padre* du *Sherman*...

Mais les autres aussi, je ne les avais jamais sentis aussi proches de moi et moi d'eux. Ils me surchargeaient de lettres, de photos, de petits souvenirs. J'étais soudain pour eux le pays, les parents, les amours. Et ils étaient pour moi notre commune aventure.

Le capitaine m'a conseillé de ne pas toucher aux cartes en cours de route. Les camarades – de ne pas me laisser enchaîner par les sirènes aux yeux bridés. Chacun, jusqu'aux ordonnances, m'a présenté un cadeau.

Le cuistot avait fabriqué une tarte avec mes initiales. Le lieutenant des Hautes-Pyrénées a lu un discours en vers de sa plume. On s'est couché fort tard. Juste avant de m'endormir, je me suis souvenu que je n'avais pas pensé à Lena.

Le jour suivant a été aussi rempli que celui de la veille.

J'ai passé la matinée entière au Musée des Mammouths. Décharges à signer. Ordres de mission à faire timbrer. Aller de bureau en bureau, pour les politesses d'usage. Dans l'après-midi, il m'a fallu mettre au courant — façon de dire — un malheureux camarade qui ne savait pas un mot de russe, afin qu'il essaie d'envoyer à ma place à Tchita des armes pour l'*ataman* Semenof.

Puis boucler les cantines et me préparer pour la fête que, en retour, je donnais à l'escadrille. Une fête russe. Où ? Ça ne pouvait être qu'à l'*Aquarium.*

Tout le monde ne s'était pas engagé à venir. Quelques-uns, après le banquet de la veille, craignaient la fatigue. D'autres, le déchaînement, le scandale. Bob, le chagrin d'une maîtresse abandonnée. Il y eut tout de même une poignée de braves. Et j'ai recruté l'Écossais au kilt, le Canadien au revolver et beaucoup d'autres. Eux ne se sont pas fait prier. Nous avons fini par être dans la grande salle une bonne quarantaine.

La table était magnifique. Vassili en avait pris soin. Nappe étincelante. Vaisselle et verrerie les plus luxueuses de l'établissement. Argenterie polie comme un miroir. Montagne de *zakouski*, vodkas de six espèces, champagne millésimé.

La dépense ne m'inquiétait pas. J'avais traité à

forfait : mon dernier mois de double solde. Après, j'avais crédit ouvert chez les consuls de France. Je me suis donné à fond.

C'était, celle-là, une vraie, saine festivité, une célébration, un salut aux destins. Et puis je voulais montrer à mes camarades mon pouvoir en ce lieu et le *barine* que je savais être. Le grand jeu.

Je ne restais pas un instant sur place. J'imposais toast sur toast, je cassais et faisais casser les verres, je harcelais, excitais, déchaînais l'homme de l'accordéon et l'homme de la balalaïka, j'allais chercher les entraîneuses, les poussais, les tirais jusqu'à la table, les faisais boire sans merci.

Pendant ce va-et-vient, Lena est entrée. Le vacarme que prodiguait notre table a forcé un instant son attention. Si elle m'a vu, elle n'en a rien montré. Elle a gagné sa place habituelle. Alors, j'ai redoublé d'efforts, de folies. Il fallait à tout prix oublier cette présence. J'y suis parvenu.

J'ai incité le major Robinson à danser avec son kilt, le Canadien à pulvériser le plafond au-dessus de nos têtes. J'ai raconté des histoires obscènes aux entraîneuses pour tirer d'elles leurs rires les plus aigus.

Lena a chanté, mais de sa place, et une romance sucrée, bébête qu'elle débitait mécaniquement.

Personne ne l'a écoutée. Vassili est venu s'asseoir près d'elle, a posé une main sur son épaule. Ils ont bu du vin du Caucase.

De ne plus la voir seule m'a entièrement libéré. J'ai recommencé les toasts. J'ai rameuté tout l'orchestre. Les violons ont crié, gémi, pleuré pour chacun tour à tour. Les garçons de salle, les serveurs balayaient, balayaient les débris de vaisselle rompue.

Tout finit toujours. Les uns sont partis à des tables voisines. La fatigue en a chassé d'autres. Quelques-uns se sont endormis sur la nappe humide et souillée. Quelques-uns sont allés vomir. Les entraîneuses faisaient la tournée des loges.

Mais moi, je tenais, je devais tenir le coup. C'était ma fête à moi, mes adieux aux gisants de la gare, aux coolies, aux cosaques du colonel sans narines, aux *tieplouchki* du typhus, à l'*Aquarium*. J'ai été aux lavabos m'asperger la figure d'eau froide. En revenant, rafraîchi, peigné, dégrisé, à ce qui restait de notre bande, je suis passé près de la table de Lena.

Sur l'une de ses chétives épaules était posée la main de Vassili, sa lourde, énorme main de videur. Elle aurait dû plier sous le poids. Elle ne semblait pas le sentir. Il avait su la rendre légère. J'ai hésité, oh, à peine. Simple sentiment de décence.

Mais le même sentiment m'a retenu. Qu'allais-je faire entre eux ? J'ai passé mon chemin. Ils ont quitté la salle peu après.

Quand Vassili est revenu, ayant sans aucun doute ramené chez elle Lena, je n'avais plus pour convives que le major Robinson, le capitaine canadien et une entraîneuse qui sanglotait sur mon sein. Dans la salle, personne.

– On ferme, a dit doucement Vassili. Le jour est levé.

J'ai envoyé dinguer la tête de la grasse et belle fille. Le jour ! Mon bateau !

J'ai eu la chance de ne pas le manquer. Je n'avais connu à Vladivostok que des nuits blanches. Aucune ne m'avait tant sonné que celle-ci. J'ai cru tomber en arrivant sur le pont. Je ne pensais qu'à une chose : être capable de gagner sans aide ma cabine. Mais la sirène a ululé. Mais a éclaté comme un triomphe le fracas des glaces qui se rompaient sous l'étrave du paquebot. Je me suis accroché à la rambarde. A moi venaient les mers de Chine, l'océan Indien, la mer Rouge et toutes leurs escales. Quand j'ai rejoint ma cabine, j'ai vu par le hublot un vague alignement de maisons minuscules et soudées l'une contre l'autre qui disparaissaient avec la côte d'Asie. C'était la ville où quelques jours plus tôt j'avais eu vingt et un ans.

Zarzis, 6 juin 1975.

DU MÊME AUTEUR

Aux Éditions Gallimard

LA STEPPE ROUGE, 1922 (Folio n° 2696)

L'ÉQUIPAGE, 1923 (Folio n° 864)

MARY DE CORK, 1925

LES CAPTIFS, 1926 (Folio n° 2377)

LES CŒURS PURS, 1927 (Folio n° 1905)

LA RÈGLE DE L'HOMME, 1928 (Folio n° 2092)

BELLE DE JOUR, 1928 (Folio n° 125)

DAMES DE CALIFORNIE, 1929 (Folio n° 2836)

VENT DE SABLE, 1929 (Folio n° 3004)

NUITS DE PRINCES, 1930

WAGON-LIT, 1932 (Folio n° 1952)

LES ENFANTS DE LA CHANCE, 1934

STAVISKY. L'HOMME QUE J'AI CONNU, 1934. Nouvelle édition augmentée en 1974 d'*Un historique de l'Affaire* par Raymond Thévenin.

LE REPOS DE L'ÉQUIPAGE, 1935

HOLLYWOOD, VILLE MIRAGE, 1936

LA PASSANTE DU SANS-SOUCI, 1936 (Folio n° 1489)

LA ROSE DE JAVA, 1937 (Folio n° 174)

MERMOZ, 1938 (Folio n° 232)

LA FONTAINE MÉDICIS. Le tour du malheur, I, 1950 (repris dans LE TOUR DU MALHEUR TOME I : La fontaine Médicis – L'affaire Bernan, Folio n° 3062)

L'AFFAIRE BERNAN. Le tour du malheur, II, 1950 (repris dans LE TOUR DU MALHEUR TOME I : La fontaine Médicis – L'affaire Bernan, Folio n° 3062)

LES LAURIERS-ROSES. Le tour du malheur, III, 1950 (repris

dans LE TOUR DU MALHEUR TOME II : Les lauriers-roses – L'homme de plâtre, Folio n° 3063)

L'HOMME DE PLÂTRE. Le tour du malheur, IV, 1950 (repris dans LE TOUR DU MALHEUR TOME II : Les lauriers-roses – L'homme de plâtre, Folio n° 3063)

AU GRAND SOCCO, 1952 (L'Imaginaire n° 603)

LA PÍSTE FAUVE, 1954 (Folio n° 5768)

LA VALLÉE DES RUBIS, 1955 (Folio n° 2560)

HONG-KONG ET MACAO, 1957. Nouvelle édition en 1975 (Folio n° 5246)

LE LION, 1958 (Folio n° 808, Folioplus classiques n° 30 et Classico collège n° 38)

AVEC LES ALCOOLIQUES ANONYMES, 1960 (Folio n° 5650)

LES MAINS DU MIRACLE, 1960 (Folio n° 5569)

LE BATAILLON DU CIEL, 1961 (Folio n° 642)

DISCOURS DE RÉCEPTION À L'ACADÉMIE FRANÇAISE ET RÉPONSE DE M. ANDRÉ CHAMSON, 1964

LES CAVALIERS, 1967 (Folio n° 1373)

DES HOMMES, 1972

LES TEMPS SAUVAGES, 1975 (Folio n° 1072)

MÉMOIRES D'UN COMMISSAIRE DU PEUPLE, 1992

CONTES, 2001. Première édition collective (Folio n° 3562)

REPORTAGES, ROMANS, coll. « Quarto », 2010

EN SYRIE, 2014 (Folio n° 5834)

LE COUP DE GRÂCE, 2016 (Folio n° 6235)

Dans la collection « Folio 3 € »

LE PARADIS DU KILIMANDJARO ET AUTRES REPORTAGES. Textes extraits de *La piste fauve* (2015, vol. n° 5976)

UNE BALLE PERDUE. Texte extrait de *Pour l'honneur* (2019, vol. n° 4917, Classico Collège n° 167)

LES JUGES. Le procès Eichmann. Texte extrait de *Terre d'amour et de feu. Israël 1926-1961* (2024, vol. n° 7410)

Dans la Bibliothèque de la Pléiade

ROMANS ET RÉCITS. TOME I, édition publiée sous la direction de Serge Linkès, 2020

ROMANS ET RÉCITS. TOME II, édition publiée sous la direction de Serge Linkès, 2020

Dans la collection de livres audio « Écoutez lire »

LE LION, lu par Hippolyte Girardot, 2014

BELLE DE JOUR, lu par Audrey Fleurot, 2018

LES MAINS DU MIRACLE, lu par Michel Vuillermoz, 2018

LA PASSANTE DU SANS-SOUCI, lu par Michel Vuillermoz, 2020

LES CAVALIERS, lu par Pierre-François Garel, 2022

Aux Éditions de La Table Ronde

AMI, ENTENDS-TU..., 2006 (Folio n° 4822)

Aux Éditions Arthaud

LES NUITS DE SIBÉRIE, 2013

GRANDS REPORTAGES EN MER ROUGE avec Xavier de Hauteclocque, 2020

LE JEU DU ROI. REPORTAGES EN AFGHANISTAN, 2021

REPORTAGES EN ISRAËL, 2021

REPORTAGES DANS *DÉTECTIVE.* 1928-1931, 2022

REPORTAGES AUX ÉTATS-UNIS. 1933-1936-1948-1959-1960, 2023

LES HÉROS DU CIEL, 2023

REPORTAGES EN ESPAGNE, 2024

REPORTAGES EN ALLEMAGNE. 1932-1945, 2025

Aux Éditions Amok

PREMIÈRE GUERRE MONDIALE, 2017 (Folio n° 6488)

COLLECTION FOLIO

Dernières parutions

7449. Liu An	*Du monde des hommes*
7450. Collectif	*Dire le deuil*
7451. Jean Giono	*Noël* suivi de *La Belle Hôtesse*
7452 Éric Chacour	*Ce que je sais de toi*
7453 Étienne Klein	*Courts-circuits*
7454 Colette	*Chéri* et *La Fin de Chéri*
7455 Colette	*Sido* et autres textes
7456 Robert Seethaler	*Le café sans nom*
7457 Léna Ghar	*Tumeur ou Tutu*
7458 Éric Reinhardt	*Sarah, Susanne et l'écrivain*
7459 Jack Kerouac	*Anges de la Désolation*
7460 Mokhtar Amoudi	*Les conditions idéales*
7461 Maylis Besserie	*La nourrice de Francis Bacon*
7462 Maryse Condé	*Célanire cou-coupé*
7463 Kerwin Spire	*Monsieur Romain Gary. Écrivain-réalisateur*
7464 Julie Wolkenstein	*La route des Estuaires*
7465 Leonardo Sciascia	*Mort de l'inquisiteur*
7466 Colette	*Pour un herbier*
7467 Françoise Ega	*Lettres à une Noire*
7468 Virginia Woolf	*Un roman à écrire*
7469 Huysmans	*En ménage* et *À vau-l'eau*
7470 Nathacha Appanah	*La mémoire délavée*
7471 Lilia Hassaine	*Panorama*
7472 Basile Mulciba	*Hors saison*
7473 Nicolas Fargues	*La péremption*
7474 Juan Tallón	*Chef-d'œuvre*
7475 Imogen Binnie	*Nevada*
7476 Santiago H. Amigorena	*La justice des hommes*
7477 Fabrice Humbert	*L'expérience des fantômes*
7478 Patrick Modiano	*La danseuse*

7479	Sophie Chauveau	*La fièvre Masaccio*
7480	Pierre Michon	*Les deux Beune*
7481	Zeruya Shalev	*Stupeur*
7482	Victor Hugo	*Ce que c'est que l'exil*
7483	Arturo Pérez-Reverte	*Le tango de la Vieille Garde*
7484	Balzac	*Le Père Goriot*
7485	Laura Kasischke	*Esprit d'hiver*
7486	Jean-Jacques Rousseau	*Lettres sur la botanique*
7487	George Sand	*« À l'ombre des arbres »*
7488	Flora Tristan	*L'aventure de l'émancipation féminine*
7489	Laure Adler	*Charlotte Perriand*
7490	Éric Fottorino	*Mon enfant, ma sœur*
7491	Gaëlle Bélem	*Le fruit le plus rare*
7492	Franck Courtès	*À pied d'œuvre*
7493	Marion Fayolle	*Du même bois*
7494	Karina Sainz Borgo	*Le Tiers Pays*
7495	Guy Boley	*À ma sœur et unique*
7496	Jean-Christophe Rufin	*Notre otage à Acapulco*
7497	Claire Vesin	*Blanches*
7498	Christian Bobin	*Le murmure*
7499	Pline l'Ancien	*Remèdes issus des plantes de jardin*
7500	Hélène Gestern	*Cézembre*
7501	Christian Kracht	*Eurotrash*
7502	Dominique Barbéris	*Une façon d'aimer*
7503	Boris Pasternak	*Le docteur Jivago*
7504	Everett Ruess	*Vagabond de la beauté*
7505	Vincent Brault	*Le fantôme de Suzuko*
7506	Élisa Shua Dusapin	*Le vieil incendie*
7507	Akira Mizubayashi	*Suite inoubliable*
7508	Richard Morgiève	*La fête des mères*
7509	Rachel Cusk	*Arlington Park*
7510	Vincent Delecroix	*Naufrage*
7511	Jean Hatzfeld	*Tu la retrouveras*
7512	Tahar Ben Jelloun	*Les amants de Casablanca*
7513	Charles Aubert	*Danser encore*
7514	Flannery O'Connor	*C'est peut-être votre vie que vous sauvez*

7515	Gisèle Halimi et Choisir la cause des femmes	*Le viol. Plaidoirie de 1978*
7516	Anonymes	*Le Roman de Renart*
7517	James Baldwin	*Personne ne sait mon nom*
7518	Ian McEwan	*Leçons*
7519	Kristina Sabaliauskaitė	*L'impératrice de Pierre, II*
7520	François-René de Chateaubriand	*Printemps en Bretagne*
7521	Orwell	*Dans la dèche à Paris et à Londres*
7522	David Foenkinos	*La vie heureuse*
7523	Thomas Snégaroff	*Les vies rêvées de la baronne d'Oettingen*
7524	Pierric Bailly	*La foudre*
7525	Hemley Boum	*Le rêve du pêcheur*
7526	Alexandre Labruffe	*Cold case*
7527	Boualem Sansal	*Vivre. Le compte à rebours*
7528	Hélène Dorion	*Jours de sable*
7529	Antonin Varenne	*La piste du vieil homme*
7530	Grimm	*Contes*
7531	Anne-Laure Bondoux	*Nous traverserons des orages*
7532	Sylvain Tesson	*Avec les fées*
7533	Caroline O'Donoghue	*L'affaire Rachel*
7534	Salman Rushdie	*Shalimar le clown*
7535	Amina Damerdji	*Bientôt les vivants*
7536	Franz-Olivier Giesbert	*Tragédie française. Histoire intime de la Ve République, III*
7537	Jean Rouaud	*Les champs d'honneur*
7538	Jean Rouaud	*Des hommes illustres*
7539	Marie Sizun	*10, villa Gagliardini*
7540	Sophie Berger	*Banc de brume*
7541	Pascal Quignard	*Les heures heureuses*
7542	Hisham Matar	*Mes amis*
7543	Collectif	*« Il faut cultiver notre jardin ». Jardins et jardinages littéraires*
7544	Philippe Jaccottet	*Les Cormorans* suivi de *Beauregard*

*Tous les papiers utilisés pour les ouvrages
des collections Folio sont certifiés
et proviennent de forêts gérées durablement.*

*Impression Maury Imprimeur
45300 Manchecourt
le 10 octobre 2025
Dépôt légal : octobre 2025
1er dépôt légal dans la collection : décembre 1978
Numéro d'imprimeur : 286847
magasin@gallimard.fr*

ISBN 978-2-07-037072-6 / Imprimé en France.

679050